Memoiren eines Taugenichts

Man entschuldige allfällige sprachliche Unebenheiten des Textes, Ungereimtheiten und Helvetismen und versuche, an ihnen vorbei, zu verstehen, was gemeint sein könnte...

© 2021, Adrian W. Fröhlich

Herstellung und Verlag: BoD – Books on Demand,
Norderstedt

ISBN: 9783755776895

If dogs run free, then what must be

Must be, and that is all

True love can make a blade of grass

Stand up straight and tall

In harmony with the cosmic sea

True love needs no company

It can cure the soul, it can make it whole

If dogs run free

Bob Dylan, If dogs run free

Mein *Taugenichts* erregte 1976 Wohlgefallen in gewissen und durchaus angesehenen Lektoraten der Bundesrepublik. Die fast schon liebevolle Zurückweisung, die er dort erfuhr, bestätigte ihn auf schmerzhafte Weise. Man wollte mehr, im Grunde anderes lesen von mir, äußerte die Hoffnung, dass dieser Unbekannte vielleicht weiteres Material gelagert habe, doch gerade ihn, diesen, der ich doch selbst war, an dem ich litt, den wollte man nicht, nicht jetzt. Doch als ich mich der Popkultur verschrieb, nahmen sie mich plötzlich ernst, hielten mich aber für zu radikal und – obschon sie mich gelesen hatten - für unlesbar.

Es hatte sich also nichts geändert.

Wenn sich bis heute etwas erhalten hat in meinem Leben, dann ist es dieses Flageolett von Bewunderung und Zurückweisung mir gegenüber, diese Obertönigkeit, immer dann, wenn es bei mir ins Wesentliche geht, wovor sie alle Angst haben, als befürchteten sie den Einsturz der Brücke zwischen uns, wenn sie sich hinüberwagten zu mir.

Nur ganz wenige Menschen begegnen mir wirklich. Das wird sich erst ändern, nachdem ich sie alle verlassen habe. Erst nachdem sie einen Menschen verloren haben, erwachen manche zum Leben.

Inhalt

GELEITWORT DES ADRESSATEN

Memoiren eines Taugenichts, von ihm selbst in Form eines Briefes an mich verfasst, im Sinne der Wahrheit:

Inschrift an einem Stadthaus von Chania

Überall in der Welt gibt es politische Gefangene. Gleichgültig welcher Politik diese Leute zum Opfer fielen, für diese Unglücklichen gibt es die Befreiung aus der physischen und die Befreiung aus der psychischen Haft durch Solidarität, Kampf und Amnestie und schließlich vielleicht den Sieg der eigenen Sache.

Es gibt aber noch weit mehr apolitische Gefangene, deren Gefängnisse nicht Steinmauern und auch nicht die Welt im christlichen Sinne sind, sondern die Unzulänglichkeiten des Seins in dieser Zeit, des konkreten Daseins, ja vielleicht gar die Abwesenheit der Mauern, die Abwesenheit der Gewissheiten! Für diese mysteriös unglücklichen Menschen gibt es keine Befreiung, sie ist unmöglich.

Da hilft auch keine Solidarität, sie bleibt Kulisse, ist lediglich Dokument der Unzulänglichkeit und gibt es keinen Sieg der eigenen Idee, nur den Sieg über die eigene Idee und als Resultat eine stumpfe, gleichgültige oder gar heuchlerische Gesinnung.

Der Sieg über das Eigene ist die intimste Tragödie des Menschen und wenn er frei ist von frühzeitiger Standpunktaufgabe und Fahnenflucht, ist er eine sehr große Leistung. Es gibt nun aber Leute, die diese Leistung erbringen könnten, aber nicht erbringen wollen. Im Grunde genommen ist das und nur das Charakter. Aber wir alle nennen es Versagen. Mit welchem Recht? Allein mit dem Recht des Bequemen und Oberflächlichen.

Ein junger Mann wie der Verfasser des Briefes, dessen Alter man in Anbetracht seines Schreibstils überschätzt, dessen Sinn vornehm ist, dessen Begabungen auf der Hand liegen, der aber auf der anderen Seite über keine greifbare Lebenserfahrung verfügt, müsse, so dünkt es den Leser, in allem zu Fall kommen, muss scheitern. Aber, und das ist festzuhalten, dieser Fall ist nicht notwendig, denn die gleichen Gründe, die ihn beim Schreiber des Briefes zu begründen scheinen, können ihn auch verunmöglichen.

Es kann als Tatsache gelten, dass für sehr viele Menschen mit der heutigen Zeit, mit der Gewaltmoderne, mit der Seelenverflachung ihr Martyrium gekommen ist, worin sie bis auf den letzten Tropfen geprüft, ausgepresst und entweder verworfen oder gestählt werden. Die Hoffnung dabei ist, dass einer an seinem Anderssein erstarke. Wir sind nicht geboren worden, um zu leiden, sondern um uns totzulachen!

Sein wiederkehrendes Wort vom Preußentum, das er in meiner Person verkörpert glaubte, so naiv es verstanden war, so sehr hat es ihn, den Selbstmörder Thomas, zuletzt doch verständlich und verständig gemacht. Falls Sie, lieber Leser, manchmal nicht bloß an sich selbst leiden, sondern auch am Menschen, wie Nietzsche sagte, so versuchen Sie, preußisch zu werden, rumpeln Sie Ihre Requisitenkammer, Ihre seelische Staukammer aus, reduzieren Sie Ihre Argumente - wie es Friedrichs des Großen Vater mit seiner Reichsverwaltung getan - auf einen Fünftel, und Sie werden sehen, übrig bleibt der bessere Teil, der Teil, der Sie am Lachen hält und stärkt!

Sind Sie einer jener Glücklichen, die mit sich selbst und der Welt im Reinen sind, anerkennen Sie bitte, dass auch *diese* Zeit ungeheure innere Konflikte hervorzurufen vermag, gerade in den Außergewöhnlichen, in jenen Menschen, die den eigentlichen Weltfortschritt begründen, von denen er abhängt, und ohne die Sie, wir alle, abgehängt oder aufgehängt werden.

Marburg, H. G., 1976

Memoiren eines Taugenichts

Eschwege, Deutschland, am 23. Oktober, und Paris,
Frankreich, am 1. Dezember 1976

Großer Unbekannter! Geliebter Freund! H. G.!

Ihnen mein Leben zu illustrieren, mein Dasein kund-
zutun, insbesondere dessen Ironie und schließliche
Exstirpation zu verdeutlichen und plausibel zu machen,
schreibe ich diesen Brief, und gerade Sie scheinen mir
der Adresse dieses Schreibens der allein Würdige zu sein,
Sie, den ich schätzen lernte in einem deutschen Augenblick, in einem unmöglichen Augenblick - nein, nicht
dass ich Sie jemals näher betrachtet hätte oder gar mit
Ihnen in irgendeinen nennenswerten Kontakt getreten
wäre -, Sie weiß ich zu schätzen, etwa in der Art, wie
man das sichere Behältnis schätzt, in welches man nach
Gebrauch die Edelsteine und Perlen einschließt, sofern
man solche besitzt. Sie wundern sich? Erinnern Sie sich
noch jener Neujahrsfestlichkeit bei den Hendorffs? Der
Wein floss in Strömen, die Lichter erleuchteten den be-
wunderten Salon und ließen in ihrem zauberhaften
Glanz noch einmal die alte Zeit auferstehen, aus welcher
der Salon in unsere Epoche herübergerettet worden ist -
erinnern Sie sich noch? Vielleicht ist Ihnen jener gänzlich
Unbekannte, jener etwas rührselige und auch etwas

schweigsame junge Mann, der dadurch besonderes Auffallen erregte, dass er, ungeschickt wie er ist, der Gastgeberin, der verehrten Gräfin von Hendorff, in unbedachtem Momente sein ganzes Hors d'Oeuvre mitsamt dem Teller in den Schoss fallen ließ - vielleicht ist Ihnen dieses Individuum noch erinnerlich? Dieser junge Mann schreibt Ihnen nun einen Brief, seinen letzten Brief in seinem Leben überhaupt, und er glaubt mit Zuversicht, in Ihnen den ganz Richtigen anzusprechen.

Darf ich Sie bitten, diesem Schreiben mit wohlwollender Nachsicht zu begegnen, dieses auch zu Ende zu studieren als der vielleicht einzige Leser und Freund desselben? Worauf das Ganze schließlich hinauswill, wird Ihr Scharfsinn rasch bemerkt haben.

Ihr ergebener F. Thomas

Gestatten Sie mir zunächst, mich Ihnen vorzustellen, wenn unsere Bekanntschaft auch nur für die Länge dieses Briefes Geltung haben wird: Friedrich Hannes Thomas, einziges Kind meiner Eltern, geboren zu Lübeck, aber bezüglich der Familienherkunft als Sachse zu bezeichnen, ganze neunzehn Jahre alt. Im dafür geeigneten Alter besuchte ich die vorgeschriebenen Schulen, und zwar samt und sonders in Lübeck, besuchte dann, nachdem wir nach Kassel umgezogen, die dortige höhere Schule, ein Gymnasium, welches ich diesen Sommer als Abiturient verließ.

Meine Erscheinung kennen Sie, dürften aufgrund meiner Manieren und des allgemeinen, von mir gewonnenen Eindrucks meine Bildung erraten haben, insbesondere deren Mängel. Nun, um Sie, Richter meiner Seele, sogleich ins Gebiet der Diskussion zu führen, um Ihnen gleich Boden und Gewächs zu zeigen, worauf und worin ich mich bewege, wage ich es, als Anfang meiner Selbstdarstellung einen alten Schulaufsatz zu verwenden, obgleich mir höchlichst bewusst ist, worin solche kindischen Erzeugnisse zu täuschen pflegen, doch das brauche ich Ihnen nicht des Näheren zu erklären.

Die folgenden Szenen und Novellen bezogen sich, soviel ist mir erinnerlich, jeweils auf einen bestimmten romantischen Dichter, den wir anhand einiger seiner Gedichte brav und theoretisierend charakterisieren sollten, wogegen aber ich, und hier beginnt sich bereits meine Eigenart zu manifestieren, in ziemlicher Verblendung und Kühnheit mich unterfing, diese Charakterisierung nicht wie verlangt, sondern in der folgenden Art und Weise aufzufassen. Ich entwarf ein metaphorisches Portrait, eine bezeichnend sein sollende Szene, eine Art Widmung dem Manne, der mir seine Gedichte zur Übung hergeben musste. Doch urteilen Sie selbst. Zuerst eine, gelinde gesagt, überladene Einleitung des Ganzen, es handelt sich um die Unterschiede zwischen Klassik und Romantik, sehr romantisch vorgetragen:

Ist die Klassik eine Burg, die über verhangenen Wäldern einsam thront, eine alte Feste, zu der man stumm aufschaut (...), eine Burg, die Tribute und Anstrengung vom nächtlichen Wanderer verlangt, und über deren Dächern und Türmen sich nichts als die Sternenkuppel des Nachthimmels wölbt, von wo der Mond seine bleichen Hände in Höfe, hölzerne Gemächer, durch Wälder und in der Täler Schlüfte wandern lässt, so überkommt die Romantik den Wanderer in der Nacht der Poesie wie eine wilde, ausgelassene Horde Erdgötter, blitzartig, (...), erbricht in ihm Tür und Tor der eingekerkerten Seele, ergießt ihre Melodie der seelischen Urverwandtschaft kübelvoll in die Brunnen der innersten Erkenntnis. Wenn der Ruf dieser verwegenen und doch immer wieder in Ruhe und Stille innehaltenden Schar durch die abendlichen Auenwälder dringt, dann ist für die Natur und den Wanderer die Stunde des Aufbruchs gekommen. Dann verweilt das Göttliche unter der Kreatur und schreitet Pan durch den silbernen Bach. Auf den moosbewachsenen Pfaden im Eichenwald tollt sich ein Bacchantenzug, und in schilfigen Ufern perlt der frühe Nachtwind sein Harfenspiel. In der poetischen Nacht findet das Wahre zu sich selbst, versöhnt sich alles Streitende. Zerschlagen sind dann die festgefügten Häuser des Geistes, an die man geglaubt, für die man gelebt hat. Derjenige, der zur Zeit des Höchsten (...) in diesem Walde weilt, wird in der Ferne die schwarze Kontur der klassischen Burg erblicken und wird sich nach ihrer Wärme und ihren Speisen sehnen, doch selten gelingt es einem, bis dorthin die finstere Waldesnacht zu durchbrechen. So bleibt sie für die vielen das unerreichbare Ziel der Sehnsucht. Nur einer wird ihre Höhe erklimmen, (...), und einem Prometheus gleich die Fackel des Übermenschlichen auf der starken Mauer herumtragen, all jenen zum Zeichen, die unten einmal seine Brüder waren.

Wenn es dann Tag wird und der Purpur über die tiefen Wälder schießt, wird sein Auge voller Tränen die Unendlichkeit des gewundenen Flusses der Seele messen, und er wird rufen: O Brüder in den Wäldern des Unerforschlichen! Wäre ich doch nahe bei euch! Könnte ich hinabsteigen in die vertrauten Auen!

Wenn sich der braune Mantel der Nacht wieder senkt, hält es ihn nicht länger, und fluchtgleich stürmt er den Weg, den er gekommen, wieder hinab ins Tal seiner Wünsche. Dort findet er die Brüder wieder und lagert mit ihnen still auf massigen Steinen, lauschend den Stimmen der Wahrheit in der Nacht der Poesie. -

Lesen Sie nun eine Kostprobe aus dem Aufsatz selbst:

Friedrich Rückert. - Der Mond leuchtet über dem Weg, im Wald ist es stumm und still. Kaum eine Stunde verging, seit ich das lustige Wirtshaus im zauberhaften Wiesenstädtchen verließ. Dort begab sich etwas höchst Liebenswürdiges: Wie ich dasitze und trinke mitten im ausgelassenen Volk, fällt mir ganz plötzlich ein Ritter auf, der sich an einem entfernten Tisch mit Freunden unterhält. Dabei geht es sehr lebhaft zu. Sein langes Blondhaar wirft er in ungestümer Bewegung, und seine Hände tanzen einen wahren Teufelstanz über der angeheiterten Gesellschaft. Von meinem Tischnachbarn erfahre ich, dass der Ritter von weither gekommen sei und von der hiesigen Jugend glühend verehrt werde. Nebenbei gelte er als genialer Sänger und Poet.

Nun, da erhebt sich dieser schon und mit ihm sein Freund, der die Laute schlägt: Brüder und Edle, die ihr hier versammelt seid! Hört ein Lied aus fernen Landen, das ich auf dem Feldzug wider die Türken mir erwarb! -

Der Freund stimmt eine Weise an, und nun erklingt die
helle Stimme des fahrenden Ritters:

Wohl endet Tod des Lebens Not,

Doch schauert Leben vor dem Tod.

Das Leben sieht die dunkle Hand,

den hellen Kelch nicht, den sie bot.

So schauert vor der Lieb ein Herz,

Als wie von Untergang bedroht.

Denn wo die Lieb erwachet, stirbt

Das Ich, der dunkele Despot.

Du lass ihn sterben in der Nacht

Und atme frei im Morgenrot!

Brausend fielen die Gesellen ein in den Refrain:

Denn wo die Lieb erwachet, stirbt

Das Ich, der dunkele Despot.

Du lass ihn sterben in der Nacht

Und atme frei im Morgenrot!

Und ich? Ich sang mit und glaube gar, der singende Ritter und ich, wir wurden Freunde in dieser Nacht. -

Und vielleicht noch diese letzte Probe. Glauben Sie mir, es sind die besseren Stücke, ausgewählt aus vielen schlechteren und viel zu unverständlichen:

August von Platen. - Wie war mir eben? - Ruderschläge tropften an der Gartenmauer. Und da war noch etwas, irgendetwas - da! Wieder spürt es meine Haut, doch meine Sinne fassen es nicht. Zum Teufel mit dieser Nacht, die so samten ist, wie hier nur eine Nacht sein kann! Ich bin betört von dem überbordenden, überfüllten und doch so leeren Schattendom dieser Stadt, Venedig. Meine Schritte hallen an den Mauern der Zeit, huschen über Fassaden, mein Schatten watet im Duft des nebelhaften Kanals.

Vorhin schien es, als gehe einer neben mir. Umso überraschter bin ich, als mir plötzlich ein goldener Bogen den Markusplatz öffnet. Hier sitz ich nun im Café unter der Arkade und höre Musik. An den Nebentisch setzt sich ein Jüngling. Den kenne ich doch, seine Stimme klingt so goldherb! Sollte es seine Stimme gewesen sein, die mich lauschen ließ am stillen Canale? Seine Augen blitzen mich so um alles wissend an und wägend alles an mir.

Und die Hand, die er auf dem Tische ruhen lässt! Wie genau und in archaischer Kraft und Spannung erstarrt seine marmornen Finger liegen! Ja, das ist er, bei allen Teufeln, ein Meister der Bildhauerei, ein Michelangelo. Hallo Freund, das trifft sich gut, dass wir uns nun endlich sprechen können! Lange schon fühlte ich, dass nur Sie es mir sagen können, aber fragen Sie mich nicht warum! Bitte, ums Himmels Willen, erklären Sie mir das Ungeheure dieser Stadt, denn es verfolgt mich unaufhörlich! So rief ich zu ihm aus. Er blieb unbewegt, als er mir die Antwort gab: Was fragen Sie? Ist es Ihnen nicht genug, das Schöne zu erleben? Was wollen Sie mehr? Ich sage Ihnen, fragen Sie niemand danach, denn Sie müssten an der Auskunft sterben. Schauen Sie lieber wie ich hinein in die Leute und freuen Sie sich am Sänger des Rialto und an der Geige von San Marco! Kommen Sie mit, wir wollen uns in das funkelnde Fest hier stürzen und vergessen, tanzen und lustig sein! Was sollte ich sagen, hatte er nicht recht? -

So fing es an. Sie werden sagen: Dieser Bursche hat Talent aber auch viel Antitalent, er ist vorwitzig, altklug, weicht dort ins Metaphorische aus, wo ihm die nüchterne Darstellung zu ordinär erscheint, und dgl. mehr. Doch es ist nicht nur das Ausweichen, Herr G., das mich darin am meisten erstaunte, als ich die Bilder hier kopierte, nein, es ist die erschreckende Stille der Seele, etwas Totes oder ein Spiegel, eine Eisbahn, wie auch immer begehbar und begangen, glatt, lüstern, still, heimtückisch, und dann, die Stille ist zerrissen durch Gekreische und runde Klänge, von außen kommen sie, sind angeeignet, sind nicht echt, sind noch zu rund, um in ihrer Komposition Mauer sein zu können, um zu halten erfordert das Backsteine, mit Ecken. Stille als Tanzboden für das Chaos. Sie werden lächeln und mit Recht, diese Stille könnte das Nichts sein oder aber Sophrosyne. Was wird es wohl daraus ergeben haben? Um den Rahmen, in den eingespannt ich nun hänge, zur Gänze darzustellen, sei hier eine jüngere Metapher eingerückt. Sie trägt als Titel das Totem meines Verhängnisses, meiner Spaltung aus einer alltäglichen Schizophrenie in eine Einheit, die ich Ihnen mit diesem Schreiben etwas verdeutlichen möchte, nicht zu irgendeinem Grund, sondern aus Angst, ich könnte den einzigen Freund verlieren, den ich besessen, obgleich ich ihn nur ein einziges Mal zu Gesicht bekam, und ich könnte mein Leben beschließen, ohne Ihnen etwas mitgeteilt zu haben, und etwas mitgeteilt haben möchte ich, mehr nicht, denn ich vermag mich schlecht auszusprechen.

Der Titel des Stücks: Anachoresis.

Der Stern steht hoch im purpurdunklen Himmel, in den Zweigen lispelt das Wasser. Schwarze Schatten huschen im Sand. Meine Hand liegt starr an dem alten

Stein. Fort sind die Freunde, fort sind die, die ich für Freunde hielt, ihr Haar verlor sich in den Nachtfäden des blendenden Abends. Ihre Beine verzeichneten die Mauer den alten Weg entlang und an den Marmorfliesen kicherte das Schicksal. Stern um Stern ging auf, nur die Menschen, oder das, was ich dafürhielt, verschwanden. Groß wurde das Wasser, die Feuersäulen am Wellenkreis versickerten im Sand, und draußen schlingerte goldenes Licht in den wiegenden Spiegeln aus Salz und Purpurwasser. Was uns bleibt, Archäus, sind wir selbst. Die Liebe ist verschwunden, das Glas der Dunkelheit versperrt unseren Sinn, kalt, arm, unergründlich glatt, lieblos. Haben wir geliebt, Archäus? Haben wir den Weg vergebens gemacht? Oder machte der Weg uns vergeblich? Was ist unser Wissen anderes als wir selbst? Komm ans Wasser, Archäus, komm, nur wir! Alle andern reden und schweigen doch. Komm, Archäus!

Weißt du noch, wie wir den Fisch aßen, drunten am Hafen? Dort, wo die Möwen schreien, die Leute flüstern, leiser noch als der Wind, dort, wo das Meer sich verwirft an der Molenwand, wo ohne Pflug das Meer sich wendet, dort kauften wir jenen Fisch, der, voller Gräten, uns so schmeckte. Gebraten, Gold in den Augen, klein, schmächtig, blaue Sehnsucht und zwischen den Fingern zerrann die Stunde. Wie lange ist es her? Es war Sommer, heiß, rot und blau, weiß, Salz im Wind, die Maste der Boote kreuzten sich in erschreckender Stille. Nur das

Meer rollte herein. Du hattest Angst vor dem Meer. Bist du selbst das Meer?

Und dann am Abendgebirge, unter den Kronen uralter Träume! Sang da nicht die Sonne glühend das Lied, das dir so missfiel? Fern der Ithome, nah das glitzernde Wasser, näher die Hand, verloren braun, uneigentlich bewegt, Grün und Gold im Haar, Zikaden in der venezianischen Burg von Kalamata. Warst nicht du das Lied, das am Abend im Lande lag, warst nicht du der Traum, der am Gebirge sich dehnte?

Weißt du noch, wie wir sprangen in Mystras, als wären uns die Fesseln gelöst? Wie die roten Schatten sich mengten, das gefiel uns! Wie die Bäume stürzten am Hang, in die Klöster sich drängten, auf Terrassen, wie der Pfad stieg, hinauf zur erstarrten Hand des Menschen - ein heiliges Land!

Xenodocheion habe ich es genannt, dort oben, das getürmte Werk aus Mörtelstein. Gasthaus. Kein Gast, kein Wirt, Leere, Stille, rote Erde am Eurotas, Silberoliven, festgewurzelte Heere siegkündender Läufer, hügelgleich im Land da unten. Warst nicht du es, der da wirtete, und war nicht ich dein Gast? Kennst du den sagenhaften Schaum der Brandung an der Klippe von Thera? Das Schiff durchpflügt ihn. Bist du der Steven, Archäus?

Kennst du die Ringstadt, die, nie erbaut, schlummert in meinem Sinn? Ihre Krone purpurn, ihre Lenden pentelisch golden, ihre Tore nachtblau, ihre Türme basaltschwarz, ihre Wände morgenbleich, Traum aus dem Chaos, innen gerundet die Häuserlocken um den großen Ringplatz, kronengleich, mosaiken der Fußboden, geringelt ein Band am Architrav, Tücher wehen, lässiges Wehen, leises Klatschen, verschwimmende Rede, Alte Musik, uralt, Magie, Zauber, heliosrubin am Taygetos der Wald, all das ein Wort: Kosmeia! Das Gemeinhaus, Lesche der Spartiaten, nie gebaut, niemand sie baut, nur ich sehe sie. Magisch im Licht dein Antlitz vor Sparta, Dämon meiner Seele, dein Lächeln ist wie die Quelle, deine Augen sind Türkise, dein Herz ein Smaragd, deine Hand ist die Linie, dein Wort das Vorwissen. Archäus.

Wer ist die Kosmeia, wenn nicht du? Weißt du noch von jenem Mädchen mit dem Schwarzhaar? Ihr Name zerrann im funkelnden Auge der Nacht. Als sie den Kopf liebend senkte, dir lispelte, was ich nie vernahm? Ich kenne das Schwenken ihrer Haare noch, das Wenden ihrer Arme am Morgen, die Frische ihres Ganges. Sie küsste ich einst! Hastig war sie, wollte zu viel aufs Mal.

Archäus, warst du es, der sie verliebte, war ich es? Als sie wusste, ging sie. Was wusste sie? Warst du es, der ihr in mir die Hand reichte in Verlangen und Furcht?

Archäus, sind wir Tölpel, dass wir uns nicht erinnern an Memphis, an Theben die Hunderttorige? Lag da nicht das Tuch am Boden, das mir dich unmissverständlich einprägte vor den Tempelmauern aus Goldgestein? Die Steinlöwen schoben ihre Köpfe in den Mittag, königlich ihr Blick, unsere Finger erreichten sie nicht, um sie zu liebkosen. In den Dattelpalmen am blauen Teich hing zuerst dein Kleid, dann sah ich dich, liegend am Ufer. Dein Stab war die Schlange. In das Gemurmel der Priester rauschte am Abend das Wasser der Tonkrüge, die sich aus dem Fluss lösten und erhoben auf ihre Schultern. Als sie sich entfernten, war ich da nicht verzweifelt, denn das Tuch wurde Schicksal? Das Tuch, mit der weichen Fläche weht es viertausend Jahre in meine Seele, schlägt kosend an den Marmorstein, staubglitzernd, das Ornament wogte und schillerte senkrecht am Wasser. Jetzt, wo du mit mir bist, und mich lenkst, liegt das Tuch in mir, benetzt mit dem dämpfenden Saumgeschlage die Sternenwelt in den Ohren an meinem Kopf und Welten gehen wirbelnd ineinander über wie am Abend die Strahlen in Zypressenzweigen. Bist du das Tuch, Archäus?

An seinen blauen Dächern erkannten wir Tyros, Freund! Wellenumspielt die Göttermole inmitten der Hallen. Dort, wo der Händler schreit! Wir wanderten, äonenlang scheint es mir her zu sein, über den kargen Damaszener Boden zum Libanon. An der Zeder schlug deine Hand Feuer. Köstlich war das gegessene Fleisch aus deiner Hand, Archäus! Wild kreuzten sich die Baumstämme, hoch türmte sich das Nadellaub in den Traumkronen, und silbern klirrten am Gurt dein Schwert, dein Schild, dein Speer, Freund! Der Wanderer, der da auf einsamer Straße entgegenkam, war großgewachsen. Von ihm wissen wir nicht mehr. Bald verschwand er hinter uns, als ich mich noch über mich und ihn verwunderte, dass wir uns nicht kennen sollten. Am Abend dann Tyros. Die Agora voller Musik. Lyraklang auch im Theater. Süß war der Mandelfisch, herb der geharzte Wein, weit ragten die Schiffsschnäbel über die Mauer, deine Hand berührte den Felsen, damals. Keinen Abdruck gab es davon.

Was ist die Zeit? Welche Farbe hat die Zeit? Wie klingt die Zeit? Kann etwas vergehen allein durch die Zeit? Warum ist alles nur immer Erinnerung, nie Veräußerung? Du lachst. Ja, du weißt es, der du mich lenkst!

Je älter ich wurde, umso älter wurdest du, nahmst mir das Alter weg, wo doch für uns zusammen nur eine Zeit ist, ließest mich Kind werden. Was ich einst war, das bist allein du. Soll ich dich lieben? Soll ich sie lieben, die mich nur eine Stunde lang liebte? Du lachst, Archäus! Ich weine! Entsinnst du dich jenes Mädchens nicht, das mich nicht liebte? Weißt du nichts mehr von meinem Sturz im Treppenhaus, dem Klatschen des Körpers an die hohlen Wände? Weißt du nichts mehr von meinen Jahren der

Einsamkeit, ohne sie, ohne eine andere, gebunden in sinnlose Liebe an nichts, ohne Gefühl, ohne Empfindung, nur mit dem Todesschwert, um zu zerhacken?

Dich habe ich damals gesucht. Dich habe ich gestärkt in letzter Verzweiflung. Du wurdest mich selbst. Und du willst fortgehen wie meine Freunde? War da nicht das Rauschen des Meeres umsonst, das Lispeln des Windes im Getäfel der Wälder am Gebirge ungehört, war da nicht Tavernenmusik für nichts, Mond auf den antiken Dächern für niemanden? Archäus, bleibe! Ich werde dir die Speise reichen, nach der du verlangst, ich werde dich in mich umgießen wie Quellwasser in den zerbrochenen Krug. -

Was halten Sie davon? Was soll diese monströse Metapher? Aber ich sage Ihnen allen Ernstes, es war der verzweifelte, letzte Weg einer Selbstdarstellung, den eine zerfetzte Persönlichkeit beging, nur um ihr Ich wiederzufinden, zu orten, zu umschreiben, und vielleicht begreifen Sie, welch tiefe Verwirrung mich erfasst hatte, ich sage hatte, denn heute erscheint mir das alles ziemlich unverständlich.

Davon abgesehen, die Metapher ist ein dichterisches Etwas, ja gar Poesie, in wirrer Gestaltung freilich, aber dennoch irgendwie groß, aber die Diskrepanz zwischen dem enggemeinten und dem weitausholenden Sinn ist

ebenso groß, und das macht das Ganze höchst fragwür-
dig. In den folgenden Zeilen, wiederum Ausgeburt ju-
gendlichen Sturms und Drangs (Drangsals), liegt das Geheimnis, das ich Ihnen bis hierhin zu lüften versuchte,
nun offen zutage. Das Geheimnis meiner vielbödigen
und vielschotigen Seele, und in Zukunft will ich die An-
führungsstriche weglassen, es ist mit ihnen wie mit den
Metaphern, tertia comparationis:

Es rauscht aus Sternenbrunnen siegestrunken

Gartenstille

Ergießt der Freude Liebesströme

Und ferne fällt der Dämmerung Götterfunken

Betitelt: Villa d'Este. Kennen Sie den Ort? Aber auch,
falls Sie ihn nicht kennen, die Szene spricht für sich, abgesehen von allem Metrischen etc., was soll hier dieses
es? Der Brunnen ist ein Sternenbrunnen, und daraus
sprudelt es gar siegestrunken!

Sieg? O nein! Aber sehen Sie, obwohl alles bloß
Quatsch, bewegt es doch, und es scheint mehr denn
Kitsch zu sein, und sogar das Jugendlich-Banale davon
subtrahiert, bleibt doch eine dunkeltemperierte Ahnung,

eine Melancholie, die zweifelsohne ganz groß wäre, hinge doch nicht alles am Wortklang. In der darauffolgenden Zeile handelt gar die Stille, sie gießt Ströme von Liebe, Kinder der Freude aus, wohin? Nein, sie ergießt.

Die Darstellung zwar rettet hier viel. Gartenstille muss alleinstehen. Nun ja, lachen wir darüber! Die Diskussion ist als müßig als über die erste Zeile, denn auch da, Melancholie der Freude, ein Kentaur, eine Ausgießung des Heiligen Geistes, dann, höchste Passion und höchste Hemmung, doch ich überzeichne.

Folgt die letzte Zeile: Und ferne fällt der Dämmerung Götterfunken. Zweifellos die gelungenste Schöpfung, sie kann von Rhythmus und Gegenrhythmus leben.

Sie werden sich das Nötige dazu reimen. Alles in einem, poetisierendes Gestammel, Flucht in die Metapher, unter Umgehung aller Arbeit, ja geradezu die Angst vor der Arbeit, denn das hier zum Ausdruck kommende Gefühl ist zu vage (zu eitel), um Arbeit zu ertragen, und doch zeigt der Vierzeiler eine Perspektive, nach viel Lautmalerei ist da die dritte Zeile, ein trotziges Dennoch! Dies, werter Freund, bin ich, ganz ich, viel Unsinn, und doch ist ein trotziger Sinnglaube vorhanden. Dass ich darin zur Verzweiflung gelangte, unfehlbar, werden Sie sehen.

Heute machte ich einen Spaziergang in unserem nahen Walde. Ganz allein war ich dort. Bäume in großer Wehmut, verhangene Himmel und kein Schimmer von Licht im Kronenwerk all der Eichen und Buchen und Tannen. Alles schien erstarrte Bewegung. Sie kennen das Gefühl, gewiss, jeder Zweig in sich versunken, in Betrachtung und still. So ganz für sich. Wo sind die Menschen? Wer kennt die Wege im Wald? Lichtungen, Gewässer, perlendes Schilf unter tiefgrauem Himmel, eine flächige, ziselierte Welt wehmütiger Sehnsucht, blaue Uniformen preußischer Soldaten mit Dreispitz, das Waldlicht spielt in ihren Gesichtern, in den verratenen Gesichtern der Soldaten. Sind sie nicht vergessener als die Legionen Roms? Es ist unsere Vergangenheit hier, Wald, Stille, manchmal Preußen, und stets Ruhe der Welt. Sophrosyne, sagen wir es doch!

So tief wie die Ruhe des Zweiges ist heute keine Zeit mehr. Und passen nicht diese blauen Uniformen, um nur sie zu nennen (anderes wäre zu nennen!), passen sie nicht reinlichst gegossen in diese Täler? Doch auch dieser Spaziergang war bloßes Beine vertreten in der Innenwelt. Mit dem Autobus nach Hause zurück, Stoppelfelder, Perspektiven, Sehnsüchte, im Osten ginge es weiter, bis nach Berlin. Doch etc.!

Sie kennen Eschwege besser als ich, ich bin erst zwei Tage hier, habe so gut wie keine Ahnung vom Plan der

Siedlung. Dass die Stadt noch steht, ist ein Wunder, sie sollte abgebrannt werden. Wissen Sie wann? Zu Bonapartes Zeiten, ich hörte Sie übrigens darüber sprechen, in dem Ihnen eigenen Ton, goldenen Ton Ihrer Stimme.

Sie kennen Anna B.? Damals bei den Hendorffs stand ich kleinlaut und still in meiner Ecke, meine Augen flackerten vor Erregung, aber, und dies ist wichtig, es war nicht die Erregung der Liebe, sondern die der Schönheit, oder besser ausgedrückt, das schöne Mädchen machte mich vor Entzücken starr und erregt vor Freude darüber, und Jubel, dass es ein solches Mädchen gibt, und dass ich sie sehen darf und kann! Es gibt schönere Mädchen als sie, aber kaum solche Augen und solchen Mund. Ihre Augen und ihre Zähne sind das Licht selbst. Eine goldene Zauberei, ein silbernes Glöckchen. Das Gewerfe der Braunhaare, Leben, lebendigstes Leben! Sie ahnen, ihr wollte ich dieses Schreiben zustellen, bevor es im Ernst begonnen war, aber sie würde nicht verstehen, vielleicht begreifen Sie, ich will nicht wissen, wie sie sonst ist, vielleicht ist sie anders, und wie könnte ich dies schreiben, wenn ich es nicht bereits wüsste? Fassen Sie es auf, wie Sie wollen, sie ist groß, wie aber, wenn durch irgendeinen banalen Umstand dazu gezwungen, sie Person sein muss?

Lessing hat recht, wenn er vor Beschreibungen warnt. Bei ihr aber ist Beschreibung nichts, Lärm, Flucht in die Bewegung. Vielleicht bin ich der Einzige, der sie betrachtet, doch ich beleidige Sie, verzeihen Sie, es war mir nicht darum, mich zu zügeln.

Ich rede viel von jenem Abend bei den H., aber es war ja auch unser einziges gemeinsames Erlebnis, nicht wahr? Und ich wage zu bemerken, dass es ein schönes Erlebnis war. Sie sprachen draußen, unter Mond- und Kerzenlicht von Barry Lyndon, dem Parvenu aus Thackereys Roman *The Luck of Barry Lyndon* und insbesondere von Kubricks Verfilmung desselben und, aber das wissen Sie vielleicht nicht, Sie waren der Einzige, der den Film gesehen hatte. Sie waren voll des Rühmens dieser herrlichen Bilder, ließen Wanners Tadel daran nicht gelten, sprachen mit heller Stimme wie ein Magier oder Prophet von einem neuen Filmzeitalter, etc. Wanner hatte den Film nicht gesehen, er gab bloß an. Sie sagten: Stimmung und Verfassung des Zeitalters seien wiedergegeben. Ja, das ist wahr, zum Teil, aber wo sind der Landadel, das Bürgertum, der Noble, der kein Schloss à la Louis XVI besaß, keinen Grand Jardin? Ich gestehe, dass ich da nicht ganz klarsehe, entweder der Film will ein Zeitgemälde sein, oder er will die persönliche Geschichte des Mister Redmond Barry alias Barry Lyndon erzählen.

Ich habe den Film mittlerweile gesehen und kann bemerken, dass er weder das eine noch das andere ist. Genügt es denn, Paläste und Interieurs der Epoche zu zeigen, lebendige Puppen dareinzustellen, sie emotionslos zu bewegen, genügt das Gemälde heute bereits, um in uns den Geist zu evozieren, der doch alles ist und alles andere nichts?

Denn Geist ist in dem Film nicht, auch keine Seele. Gut, die Verpackung besticht, zugegeben, ist sie doch tatsächlich unerreicht von anderen Darstellungen der Epoche, ist gewaltig und manchmal sogar intim, aber der Inhalt? Die Aktion ist minim und unorthodox, der Ort des Geschehens wechselt, zumindest in der ersten Hälfte des Films, rasch, soll das etwa Aktion vortäuschen? Der Ablauf der Dinge ist unklar und schlecht zu erfassen. Die Personen sind Kulissen, der Hauptheld ist sehr fad und sträflich dumm. So lebt der Film vom Nebenher.

Mit der Verpackung des Kerns scheint es ähnlich zu sein, wie in den Werken des Schweizer Schizophrenen Wölfli, um den heute bezeichnenderweise so viel Lärm gemacht wird. Werke, deren Kern immer nur eine stereotype Fratze von Ego ist, deren Flächeninhalt aber ein Brimborium von Ausfüllseln aller Art, derart, dass der Betrachter überrascht ist ob des Einfallsreichtums und der Ausdauer in der Kleinarbeit (wird heute besonders bewundert).

Der gute Mensch von heute, verwirrt wie er nun mal ist, beeinflusst von Scharlatanen, betrachtet dabei wohlgefällig die sogenannte Komposition, das Lebendige der Flächenbemalung, ist erfreut ob der Unbekümmertheit und Vehemenz der Darstellung. Er sieht den miesen Kern nicht, die zentralen Mandalafratzen, diese nichtigen Stereotypen, diese erschreckend undurchdachten und unwillkürlichen Infantilien, die den eigentlichen Gehalt der Bilder ausmachen sollen. Vielleicht ist es mit B. Lyndon ebenso: Großer Eindruck, kleiner Ausdruck. Oder, nach Shakespeare, viel Lärm um nichts. Ihr Urteil ist, verglichen mit dem meinigen, edel, doch glauben Sie mir, nichts wäre verfehlter als heutigen Menschen gegenüber edel sein zu wollen. Nicht aus Hass oder Verachtung sei es gesagt, sondern aus Edelmut, ja, aus einem noblen Gefühls-Etwas, denn, der Mensch, in Eschwege wie in Marburg und sonst wo versteht das Edle nicht mehr. Was kann er dafür? Mir scheint, nicht eben viel, man nahm es ihm weg, man machte ihm das Edle zur Last, doch auch dies ist Last, solches zu vermerken. Werfen wir sie weg, werfen wir jede Last ab, spielen wir mit ungezinkten Karten!

Ich habe vor, Ihnen eine Welt zu entwerfen, eine Welt, wie ich sie sehe und erlebe, aber möglicherweise reicht meine Imagination hier nicht aus dazu, doch probiert sei's! Gedulden Sie sich, haben Sie Nachsicht mit meinen unbedeutenden Darstellungen, die besser einem Kleist überlassen wären.

Nun! Hören Sie, kürzlich war ich in Mailand, besuchte dort den Palazzo Sforza. Sie kennen ihn sicherlich durch und durch, werden also um die vortreffliche Sammlung alter Musikinstrumente wissen, die sich in ihm befindet. Stellen Sie sich vor, ein sehr schmutziger Jüngling, die Haare zerzaust, der Sinn weitab in Griechenland, betritt das Kabinett, steht unvermittelt vor Tartinis Geige und Viola und was weiß ich noch allem, was muss diesem Individuum nicht alles entgehen, denn ist es auf diese Art von Erlebnis vorbereitet? Doch sehen Sie, es hat mich alles überwältigt, zu Boden geworfen hat es mich, innerlich, ich schämte mich ob meiner selbst, nicht ob meiner Staffage, aber ob meiner Ahnungslosigkeit diesen stillen Dingen gegenüber. Ich versuchte im Taumel des Eindrucks dieses Violenholz zu erleben, als Hommage an Tartini, als Geste der Gerechtigkeit. War sie nicht ein Teil von ihm, diese Geige? Und ich stehe davor, vor diesem Musikquell, der, nachdem er die ganze Welt getränkt, quasi wieder zum Embryo wurde. Mir war sterbenselend, und ich spürte Wut und Verzweiflung ob dieser Welt in mir aufsteigen, ob dieser Zeitwelt, die den Touch mit dem anderen abschaffte und ersetzte durch die Geschwindigkeit. Wo ist jetzt die Vorbereitung, wo ist die Ruhe? So schrie ich mich an und erschrak, ob mir selbst, mehr noch erschrak ich darüber, wie es in der

Anachoresis-Metapher verzeichnet ist, dass mein Schrei, mein Blick auf der Geige keine Eindrücke, keine Zeichen hinterlassen hatten.

Die Angst, es könnte anders sein, alles anders sein, als ich immer vermutet, ja, es könnte gar eine wirkliche völlige Einsamkeit geben, eine Art völliger Einmaligkeit, das versetzte mich in bodenlose Bestürzung. Zur gleichen Zeit standen die Lakaien herum und unterhielten sich über Ehebruch und Eifersucht. Das war die Wirklichkeit, und darin hängt an Zwirnfäden die Geige, und dazwischen klemme ich. Welche Geborgenheit bot mir dagegen die Erinnerung an jenen Abend bei den H.! Ich kann verstehen, wenn Sie lachen. Ich lache auch, auch jetzt, aber das Lachen klingt hohl, ist Farce.

Doch eigentlich möchte ich bloß Musik machen, aber ist es denn möglich, Musik in Worte zu fassen? Unmöglich ist es nicht, aber unerheblich, selbst wenn es hervorragend gelänge, denn wer einmal in seinem Leben Musik gehört hat, findet jede Wortmusik zum Achselzucken und mit Recht.

An Winterabenden ist besonders das Klavier ein Zauberkasten. Und besonders an den einen, den bei Meyer, erinnere ich mich vorzüglich, an jenen Zauberkastenwinterabend. Sie kennen Meyers Schlösschen (er ist Sozialist, nicht wahr?) und den Teich, die Erlen und Buchssträucher, doch kennen Sie den Weg, der von der

43

Rückseite des Hauses wegführt in das kleine, sumpfige Tal? Ja, das kennen Sie bestimmt! An diesem einen Abend war viel Schnee gekommen, die Ruhe des Schnees war da, kein Mond, aber die Laterne über der Hintertür, sie drang mit ihrem gelbschmutzigen Schein etliche Schritte in die Nacht hinaus, dort stand ich, mir die Zeit vertreibend, mochte nicht im Salon bleiben und mir Diskussionen über Zinspolitik anhören, an denen ich mich nicht beteiligte und nicht wollte, so warf ich Schneebälle gegen schlanke Eschen, schlang alle paar Momente meinen Shawl um den entblößten Hals, das vermaledeite Tuch fiel dauernd herab auf die Schulter, ich ordnete von Zeit zu Zeit meine Kleidung, dachte nach, wie das so geht, dachte über Hölderlin einiges, da kam mir denn auch mein ehemaliger Deutschlehrer in den Sinn, seine Mimik und Farce. Wehmut und Lachen, Sie verstehen.

Ob dieses Gedankenspiels mit der Erinnerung und dem Händespiel mit dem trocken-kalten Zuckerschnee ging urplötzlich das Licht aus, und da, wo die Laterne gehangen, öffnete sich ein schwarzes Loch dem Auge. Stockfinster war es, und der Schnee fing wieder an vom Himmel zu fallen, und stets blieb ich allein, so kam ich darauf, an ein großes, schwarzes, glänzendes Piano zu denken, an einen Flügel mit zwei Kerzen zur Erhellung der Klaviatur, im hohen Zimmer Finsternis und Vor-hangfalten, viele an der Zahl, und ein Pianist, sagen wir,

44

um es groß zu machen, Liszt, hager, schwarz gekleidet, eine Mähne, man weiß das, legt seine Hände über die Tastenschar, beginnt zu spielen, Chopin.

Und so wanderte ich zu Fuß durch den warm-kalten Wald, im Geist wanderte ich in den Zeiten der Welt und kam mir selbst nichtig und als ein Nichts vor. Sie kennen das Gefühl. Wie ich so dahingehe, verzeihen Sie meine Rührung ob solch törichter Jugendszene, sehe ich, bereits in jenem Tälchen angekommen, den Mond, gelb, verschwommen in den Wolken, tief und ganz im Tal drin und an den Händen spürte ich den Schnee, da besann ich mich lange, indem ich in mich hineinlauschte, doch blieb Liszt stumm, die Seele schwieg mit mir, und ich bekam Angst vor mir selbst, wie ich da so auf etwas wartete, das selbst auch wartete, da wandte ich mich voller Entsetzen um und lief sehr rasch zurück zum Palast des Sozialisten Meyer, wollte die Hintertür aufstoßen -

In diesem Augenblick höre ich Musik, wirkliche Musik! Wie ich dann sah, spielte Gisela, und mir schien, sie spiele *Les Adieux* von Beethoven, das erweckte in mir eine solche Zufriedenheit und Freude, dass mir mein Liszt geradezu lächerlich vorkam, ich lachte und rieb mir die Hände, setzte eine Miene auf, trat ein, betrat den Salon, sah die Mienen der andern, insbesondere des jetzt schrecklich gelangweilten Sozialisten und sprach zu mir selbst: Sollten sie das gar nicht verstehen? Wie? Ist es möglich, dass diese Gescheiten allein sind, jeder mit sich selbst, und im Moment des höchsten Glücks gar sich langweilen?

Mir war so elend und übel, das werden Sie als Mensch von Seele durchaus verstehen, dass ich rundheraus sagte: Draußen im Tal sah ich den Mond! Sie werden ahnen, man schwieg und blickte betroffen stumpf, Gisela hörte auf zu spielen und spottete: Ach ja, der Mond! Heute verstehe ich die Szene, ich begreife, sie hatten mich durchschaut, begriffen wohlwollend, dass nichts vorgefallen sein konnte als lästige Einbildung, und ich gehe so weit, ihnen Edelmut zuzubilligen, denn sie tadelten mich nicht. Und doch blieb etwas zurück, das Mysterium der Musik und insbesondere das Geheimnis des Klavierspiels. Ha, erinnern Sie sich: Ferne fällt der Dämmerung Götterfunken!

Vielleicht sollte ich noch konkreter werden: Nehmen wir, Sie gestatten, das uns beiden bekannte Bern! Welch schöne Stadt konnte trefflicher verunstaltet werden als sie? Wieso können sich die Menschen nicht ruhig halten, warum immer dieses Abreißen, Aufstellen, Umbauen, dieses Spielen mit großen Bauklötzchen im Laufgitter ihrer Mutter Nation? Wieso, ganz allgemein, muss der Mensch das Hier zerstören, um das Dort zu schaffen? Wieso bewahrt er das Große nicht mit dem Kleinen?

Man sagt, wir seien Kinder, aber das ist ein bloßes Ablenkungsmanöver.

Es gibt vielleicht gar eine geheime Fortentwicklung der Infantilität in den Kulturen, welche, exempla sunt docenda, heute sich tarnt als Kausalität der Funktionen? Nun, es gibt bemitleidenswerte Tölpel, die meinen, die Welt brauche neue, unerhörte Formen der Schönheit und Klugheit, und sie könne diese auch hervorbringen, wie wenn nicht Exzesse von Schönheit und Klugheit zur Verfügung stünden!

Und die ewige soziale Frage, die keine solche mehr ist, weil sie längst ihre Antwort fand, nicht im Sozialismus, in Sparta - das erlaube ich mir zu bemerken - dieses ewige Getue mit der Barmherzigkeit und der Nächstenliebe! Was davon zu halten ist, wollen kluge Leute nicht von Sozialministern und Pfaffen hören, denn was überhaupt darüber gesagt werden kann, ist gesagt, man lese bei Nietzsche nach, man erkenne endlich, dass der höhere Mensch nicht erst noch gefunden und definiert werden muss, nein, beim Teufel, Tausende von Genies haben den höheren Menschen vorgelebt.

Es ist verflucht, und Sie sehen, dass mir diese Dinge zuwider sind, um auch nur besprochen zu werden, sollen es andere tun, die es nicht lassen können! Und ich wollte Ihnen doch viele Beispiele, sogenannte Exempla oder

Facts vorlegen, um Sie vielleicht ein bisschen zu überzeugen, aber es fehlt mir im jetzigen Zeitpunkt jegliche Lust, es Ihnen so zu bieten.

Ich nahm den Mund zu voll.

So komme ich zurück auf jenen Abend, wo ich Sie traf, auf den Hendorffschen, der mir in unauslöschlicher Erinnerung ist. Sehen Sie, überall, wohin ich komme, fallen mir Bilder in den Sinn, Bilder aus einer vergangenen Zeit, und es will mir der Gedanke nicht aus dem Kopf verschwinden, dass diese Bilderwelt die große Welt gewesen, die Welt mit dem großen Koordinatensystem, und, ja, dass unsere deutsche und zentraleuropäische Landschaft in ihr die Entsprechung längst gefunden hat und heutigentags unter der Moderne leidet.

Sehen Sie, unbestechlicher Richter, Sie sind der einzige, den ich kenne, der noch etwas von jenem positiven Flair besitzt, das unsere Vorfahren in so großem Maß zur Schau getragen, in Ihrem witzigen Auge fand ich die wahre Entsprechung, fand ich die Seele für meine vorgestellten Bilderfiguren. Alles an Ihnen erinnert mich an einen preußischen Offizier in seiner besseren Ausführung, doch lassen Sie mich schildern, welche meine Vorstellungen waren und sind! Sie können nicht wissen, dass für mich das alte Land Sachsen alles bedeutet und speziell zwischen Dessau und Weimar promeniere ich meinen Geist des Öfteren.

Meine Familie stammt aus Jena, musste fliehen, kam nach Lübeck, dann nach Kassel, wie Sie bereits vernahmen. Ich kenne Sachsen nur von Bildern, war nie in Jena, Weimar oder Dessau, aber meine Sehnsucht nach diesem doppelt verlorenen Teil Deutschlands hält mich wach, verzeihen Sie, Sie sind Realist, durch und durch, aber gleichwohl werden Sie mich verstehen, dass ich alles darum geben würde, sechs Tage lang das sächsisch-anhaltische Gebiet nach Lust und Laune zu durchstreifen! Doch heute fällt das Schwert des Damokles nicht mehr vom Himmel, sondern steckt als Bajonett auf den Gewehrläufen armer Kreaturen.

Und so kam es, dass ich mir mein Sachsen-Anhalt eben vorstellte, so gut es ging und geht, bis ich einmal merkte, dass meine gesamte innere Welt im Begriff stand, darein zu stürzen wie das Wasser in einen Schlund, ganz als wäre Sachsen ein Loch, wo hindurch man ins Nirwana fallen könne. Dieser monomanischen Entwicklung Einhalt gebietend, indem ich jeweils meine Vorstellungen niederschrieb und sie dadurch in den Griff bekam, wurde ich etwas glücklicher.

Hören Sie in diesem Zusammenhang von einem wirklichen Abgrund, einem ganz und gar seelenlosen, von Oswald Spengler, über den ich Sie sprechen hörte. Eigentlich sollte man über dieses Atropinauge von Mensch nicht reden. Nun, ich habe einiges aus seinen

Werken gelesen, Vorbeizerrungen, Aufpäppelungen und Abwürgereien der ihm feindlichen Welt. Und dann diese genial falsche Kulturtafel! Ich bin geneigt, Spengler mit meinem Kronzeugen Wölfli zu vergleichen, denn was für den einen gilt, gilt auch für den anderen. Doch nein, Spengler ist dunkler, rabenschwarz, Camera Magica, eine stockfinstere Kristallhöhle mit einem grellen Echo aus Hohn und Embryo-Entsetzen ob der Weltperspektive. Orient, autochthonster Orient, fast könnte man Spengler einen Bruder Kafkas nennen. Doch die Superintelligenz verwirrt an diesem schwarzen Alberich, verwirrt den Unkundigen ganz und gar. Seine, des Alberichs Psychologie ist lächerlich, sagten Sie selbst. Wen wundert's, dass dieses Abgrundauge, obgleich maßlos berühmt, allein blieb, größtes Mittelmaß um sich scharte? Oder fühlte es sich dort etwa unter seinesgleichen, dieses Auge?

Wie ganz anders ist da doch Nietzsche! Voller Seele und Liebenswürdigkeit! Erstaunt Sie diese Formulierung? Ich hoffe nicht. Was Alberich sagte, ist alles falsch, was aber Nietzsche sagte, kann richtig sein.

Die Gefahr der Vertauschung ist ungeheuer. Doch Sie kennen den Pfad. Also zurück ins Sächsische! In jenem Lichtschimmerzustande kam ich dann an besagtem Abend zu den Hendorffs, bereit, mich ins Fest zu werfen, mit der Miene zu spielen, Eroberungen zu machen.

Ich befand mich darin im besten Fortschritt, lachte und prahlte viel und gut, ob überzeugend weiß ich nicht, lehnte mich an allerhand Sessel und Kommoden, trank in lässiger Haltung den dargebotenen Wein, fasste es ins Auge, mich zum Mittelpunkt des Anlasses zu machen, indem ich mit einer guten Wendung ins philosophische Gespräch, das gerade vorherrschte, einfallen wollte, als ich die Türe geöffnet bemerke, rasch hinlaufe, um sie zu schließen und aber gerade da Sie in Ihrer unnahbaren Haltung hereingeschritten kamen, so dass im Augenblick mein ganzes Gebäude zusammenbrach wie das luftigste Kartenhaus.

Vom dem schien die Gesellschaft nichts zu bemerken, das Gespräch ging munter fort, Ihr Kommen war das Kommen eines weiteren Gasts. Aber ich war bouleversé, wie man sagt, mit Ihnen, um es gerade zu sagen, war der eigentliche, der ganz natürliche Mittelpunkt der Gesellschaft eingetreten. Sie machten mich doppelt beschämt, erstens dadurch, dass Sie mir meine Wenigkeit verziehen, meine Überheblichkeit durchschauend, und zweitens, indem ich durch Ihre Erscheinung an meine Vorstellungen von Größe erinnert wurde, ja, eben, auch an meine sächsisch-anhaltische Traumwelt, an bestimmte Personen in ihr, kurz, Sie schienen mir das Gericht Gottes in Person zu sein.

Wie? Hatte ich meine eigene Welt so vergessen, dass ich durch Sie an sie erinnert werden musste? Und ich versuchte des längeren schon zu scheinen, was Sie von Natur aus sind. Wie beschämend war dieser Augenblick für mich!

Verzeihung, soeben erklingt Musik in meiner Nähe, doch der Lärm der Autos und Lastwagen übertönt alles. Zum Fenster blicke ich höchst ungern hinaus, denn, was sich da dem Auge bietet, beleidigt, Verkehrsampeln, Totempfähle des anonymen Gottes Staat, Verkehrsinseln, böcklinsche Totenfelsen, worauf selbst das Gras noch Hohn spricht, Zebrastreifen, less sophisticated, Eselsstreifen. Eisengeländer, Erwachsenenlaufgitter, nein, lassen wir es, davon zu reden, von dieser Perfidie des Fürdumm-Verkaufens, der traurige Eindruck ist bekannt und bedarf keiner Ausschmückung.

Hingegen denke ich mit Passion an den väterlichen Palast zu Jena, ich kenne ihn aus den Beschreibungen meiner Eltern, das können Sie sich denken, denn ich habe mir längst zur Aufgabe das Vorstellen dessen gemacht, was sich sonst niemand vorstellen will.

So hören Sie, der Sie vielleicht der Einzige sind, der in dieser eitlen Welt des Trugs zu richten wagen kann, hören Sie von meiner ersten Begegnung mit dem väterlichen Haus. Wir saßen am Kamin, das heißt, mein Vater, Onkel Werner und ich. Das war vor einem Jahr. Vater schaute Werner mit zusammengezogenen Augenbrauen an, stocherte ein wenig im Feuerchen, begann in diese samtene Ruhe zu reden wie ein altgedienter Feldherr zu seinem Adjutanten: Dreißig Jahre sind es her, Werner, als ich zum letzten Mal unseren Kamin einheizte. Du warst dabei, nicht? Werner: Ja, und ich wüsste nur zu gern, was aus dem Haus geworden ist! Hast du dich nie um die Einreise beworben, nie daran gedacht? Sie blieben einen Moment stumm, und ich verhielt mich so still ich konnte, um das halbwegs erschienene Gespenst der Erinnerung nicht zu verscheuchen.

Vater sagte: Nein, das soll mir nicht vorkommen, dass ich, der alte Thomas, der ich wie du, Werner, in zwei Kriegen gedient habe und viele Illusionen verlor dabei, der die alte Zeit, und hier wurde er besonders leise und ich noch leiser, selbst noch zur Gänze er- und durchlebt hat, dass ich diesen Halunken einen Fußabdruck in ihrer Republik hinterlasse!

Werner lachte: Ja ja, du bist unbeugsam, noch als toter Mann wirst du dich weigern, in den Sarg zu steigen, wenn du erfahren solltest, ein kommunistischer Sargtischler habe ihn gefertigt! Du bist einer der Unbeugsamen, aber sieh einmal deinen Jungen an, nichts gegen dich Friedrich, und dabei wandte er sich nach mir um, aber was zum Teufel, alter Thomas, was haben wir ihm hinterlassen? Nichts! Wir haben es versäumt, auf ihn, auf die ganze Generation einzuwirken. Hier unterbrach ihn der Vater mit entschiedener Gebärde: Was wir tun konnten, haben wir getan, Werner, da gibt es nichts zu reden, wir haben uns geopfert in unserem Leben wie kein Franzose und kein Engländer sich opfern mussten zu unserer Zeit. Aber wir, zweimal, dreimal, wir schufteten, planten, steckten Rückschläge ein, und als endlich der Erfolg kam, sahen wir uns verraten, die Welt gegen uns, alle gegen uns! Werner, weißt du denn nicht mehr?

Vater erhob sich mit Miene und sprach sehr laut: Unrecht? So wahr dieses Feuer hier brennt, so sicher weiß ich eines, wir waren nicht im Unrecht! Dies sprach er gedehnt und mit heiligem Eifer. Damals in Russland vor Moskau im Schlamm, im Schnee, erlebte ich noch Kerle. Nicht überhebliche, wie in diesen (abschätzige Gebärde) amerikanischen Filmen. Männer, und wieder wurde er leise und traurig, Männer, die bis in die Fingerspitzen kultiviert waren, die das Zeug in sich hatten, eingebrannt, eingehämmert, eingelebt hatten sie den Geist von Jahrtausenden. Es war eine Welt in ihnen, die ich heute in keinem mehr sehe, und das weißt du, Werner! Etwas vom Alten ist unwiederbringlich weg. Keine Konsequenz mehr heute, keine Wahrhaftigkeit mehr, nur noch Geschwafel von Wahrhaftigkeit, keine Ehre mehr, nur noch die Karikatur davon. Werner, und dabei wurde er ruhig, Sie kennen das bei alten Menschen, die hehre Ergriffenheit, seine Hände barg er in den Taschen, als schäme er sich ihrer, kennst du noch einen, der dieses feu sacré, wie die Franzosen sagen, in sich trägt? Onkel Werner hielt den Kopf gesenkt. Plötzlich, besonnen, die Hände gefaltet: Nein, sprach er, als würde er die Worte bloß hauchen. Nein.

Sehen Sie, diese Szene, sie ging dann noch weiter, sie machte auf mich einen ungeheuren Eindruck. Eigentlich kannte ich die Gesinnung meines Vaters, aber wie er so mit Onkel Werner sprach, da war es mir, als sei ich unvermittelt zum Betrachter einer alten Welt geworden, deren zwei Repräsentanten so ganz unter sich waren, dass sie meiner nicht gewahr wurden. Von da an, werter Freund, interessierte mich jenes Haus ganz besonders. Eigentlich war es auch das erste Mal, dass man in meiner Gegenwart von ihm sprach. Vielleicht sollten Sie wissen, dass meine Mutter damals, also vor einem Jahr, bereits tot war. Dieser Umstand verband mir mein Mutterbild in merkwürdiger Weise mit dem Stadtpalais. Muss ich das begründen? Nein, Sie werden es auch so verstehen. Dieses Haus aber wurde meine geistige Heimat, in ihm ging ich so manche Traumnacht aus und ein, lud bedeutende Zeitgenossen zum Diner.

Einmal, als Übung, hatte ich alte Geister bei mir. Geplant war ein Essen mit anschließendem Salonabend ganz im Geist der damaligen Zeit. Soeben ist ein großer, älterer Herr eingetreten: Wieland. Er scheint Mühe zu haben, die steile Treppe hinaufzusteigen, meine Lakaien geleiten ihn sicher in den Empfangssalon. Dieses Entrée schien mir nicht so recht gelungen, also verkürzte ich die Treppe auf ein erträgliches Maß, machte sie etwas breiter, steckte goldene Kerzen in großer Zahl in die Wandleuchter, die rosenfarbene Tapete sollte matt glänzen, die Kehlstäbe, Panneaus und Simse des Getäfels sollten diskrete, rosige Schatten ineinander werfen, die Eichentreppe belegte ich mit einem beigen Teppich, das kunstvolle Geländer ließ ich funkeln und lichtzaubern.

Der Augenblick war da! Ich trat hinter die Eingangspforte, gab dem grüngewandeten, perückierten Diener einen Wink. Die alte Laterne wirft Licht in die Schneenacht und auf das Pflaster der Gasse, ein stattlicher, in Pelz gehüllter Herr tritt von seiner Kalesche weg und nimmt Kurs auf das Palais. Die Kalesche verschwindet im Schneegestöber die Gasse hinauf. Der Herr steht im Kerzenschein, tritt gemessenen Schrittes auf mich zu. Kein Geringerer als Johann Wolfgang Goethe.

Natürlich hatte ich ihn eingeladen, doch nicht ohne Skrupel! In knappen Worten schilderte er mir nun die Reise von Weimar nach Jena, berichtete, dass er in Frankendorf, infolge eines Missgeschicks des Kutschers, in eine Kalesche habe wechseln müssen. Ich geleitete ihn hinauf in den Salon, wo seiner bereits eine erlauchte Gesellschaft harrte. Wer war damals anwesend? Das wird Sie amüsieren! Also: Wieland, Goethe, die französischen Offiziere Lannes, Augereau und ihre Damen, drei imaginäre Freunde meines Hauses: der Freiherr von Isserstedt, Hans Meinrad Cramer, Christian Wolff, alle drei mit Damen, Eckermann und ich, auch mit Damen.

Sie bemerken mein Desinteresse den Damen gegenüber. Damals lebte ich in einer Männerwelt, ich will sachgetreu sein, und die Geschichte so wiedergeben, wie ich sie mir damals vorstellte. Also lediglich «mit Damen». Vom Gespräch selbst ist mir fast nichts erinnerlich, verständlicherweise, hingegen besinne ich mich noch auf den fulminanten Abgang Goethes. Napoleon, ja, er ist dann auch noch zu uns gestoßen, Napoleon führte mit Goethe ein Gespräch über die Kunst des Zeichnens. Goethe schien recht ungehalten, ob den vorwitzigen Äußerungen des Kaisers, brach das Gespräch wider seine Gepflogenheit ab, verabschiedete sich steif von meiner Gesellschaft, etwas wärmer von Wieland, dem er seine Kalesche anbot. An der Haustür drückte er mir die Hand und verschwand im Schneegestöber, das noch die ganze Nacht hindurch unvermindert andauerte, so dass am frisch anbrechenden Morgen seine Spuren im Schnee längst verschwunden waren, wie auch die der anderen Gäste, die das Haus eine Stunde später verließen.

Sie kennen Goethes große Augen! Obwohl eine Vorstellung bloß, beeindruckten mich diese Pallas-Augen in ungewöhnlichem Maß, das Lächeln aus dem Pelzkragen heraus, voller Witz und von oben herab, wie man so trefflich sagt, was mich gar nicht etwa verletzte, dies vielleicht der einzige Umstand, der sich in Wirklichkeit anders ausgenommen hätte.

Das, mein Freund, war also mein ganz intimer Goethe-Wieland-Napoleon-Abend, bei Kerzenlicht, nota bene, hinterher war ich überrascht, dass Goethe, der Lebendigste in meiner Vorstellung, einmal wirklich gelebt hatte.

Können Sie mein Erstaunen verstehen? Ich bin sicher, Sie verstehen das bestens. Sie sehen, ich überrasche mich selbst immer stärker, bin mir das eigentliche Mysterium dieser Welt, in die ich geworfen bin.

Wie kann es sein, dass Vorstellungen lebendiger sind als die Wirklichkeit? Und als die Kluft dazwischen. Erinnern Sie sich an die Szene mit der Musik? Alles Diskrepanzen und Dissonanzen, ja, ich verzweifle an meinem Verständnis und an der für mich schier unlösbaren Aufgabe, alle diese Diskrepanzen und Dissonanzen zu erleben und zu verstehen. Ich habe Angst, ich könnte durch einen dummen Zufall eher sterben, als ich all das wüsste, was ich wissen muss.

Sie lächeln und begreifen: Ist es nicht dasselbe wie mit Kleist? Vielleicht, falls er das gemeint hatte mit seiner Unaussprechbarkeit!

Straßburg. Ich besuchte es im Geiste nie, im Leben ein einziges Mal, vor Jahren. Beginnender Herbst. Leicht farbig sind Baum und Rebberg, violett saugt die Ebene den Raum in sich auf wie ein Weltabgrund. Unzuverlässig spitzt sich der Dom durch die Luft in den Dunst. Alles versinkt im Äther, als wäre nah das Meer mit seinem Piniensaum. Und leider, es muss hier notiert werden: Fabrikschlote, Türme aus Beton und Stahl fehlten nicht, doch wie das so geht, so will es die Ironie der Welt, schoben sich die monströsen Kulissen über den Rand der Ebene hinaus, um zwar dem Oberflächlichen Straßburg vorzuenthalten, dem Tiefen dagegen die Entdeckung des alten Bildes zur größten Freude zu veredeln.

Straßburg hat ein Münster. Ich schwöre bei allen Dingen, die Ihnen heilig sind, und die mir darum noch heiliger sein müssen, dass kein Gebäude der Welt, das ich gesehen, mit Ausnahme der Akropolis, mich mehr bestürzt hat als eben dieser Dom! Schon äußerlich und erst in dieser Entourage! Eine gotisch-germanisch-fränkisch-deutsche Synchronoffenbarung, deren Inneres wage ich Ihnen nicht zu beschreiben, vernahm ich doch damals, was Sie selbst darüber bemerkten und bin nun gewiss, Sie erlebten ganz dasselbe wie ich.

Obschon das genaue Gegenteil des griechischen Tempels, so doch aus dem gleichen Geist, der, nach Tausenden von Jahren, hier nun den unheimlichen Innenraum zu gestalten unternahm, der uns aus Überdruss am hellenischen Außenraum bewusst zu werden begann.

Wenn ich jemals an eine Coincidentia oppositorum glaubte, so in diesem Münster, in dem alles nur Vorstellbare zusammenfließt. Aber, sehen Sie, übertroffen werden kann solche Kunst nicht, sie ist auch nicht zu erreichen in anderen Werken desselben Stils, es gibt nur das Gegenteil davon.

Nun, damals war ich nicht allein auf die Reise gegangen, ich war mit zweien meiner Kameraden ausgezogen, um die Freiheit zu erleben. Wir kamen überein, einmal außerhalb des Münsters, uns ein Glas Wein zu Gemüte zu führen, und zwar, wie könnte solches anderswo in die Tat umgesetzt werden, im Hause Kammerzell. Dieses herrliche Haus unternahm ich damals zu zeichnen, was mir auch rasch und problemlos gelang. Gegen den späteren Nachmittag züngelte rotes Licht in den Simsen und Stangen der Münsterwand, züngelten immer mehr rote Lichtlein immer höher hinauf, flohen über tausend Simse, Figuren, Phialen und Steine himmelwärts, dieweil von unten her der blaue Schatte stieg, und ein Gitarrenspieler alte Chansons zum Besten gab, auch von unten

her, uns dünkte die Welt ein einziger Abend, ein musika-
lisches Branden in großer Erinnerung, nein, Eräußerung
schien uns alles, es kam uns vor, als begännen die Figuren in der Wand zu leben, kleine Bewegungen zu voll-
führen, zu schauen, etwas aus alter Zeit uns ahnen ma-
chend. Gänzlich abwesend waren Autos und Technik,
Erlösung von allem Jovial-Groben und Flitter-Leichten.

Türen wurden zugeworfen, schlugen gotischen Sims-
figuren die Nasen ein und uns das schönste Kartenhaus
der Seele. Vielleicht geben sich andere damit zufrieden
und wie wollte man sie darüber tadeln, in der bloßen Erinnerung an Momente der Kunst das Höchste zu erblicken, eine Art göttliche Gnade, solches sehen zu dürfen.
Ich und Sie, denn ich erachte Sie für tiefer, haben für
diesen Trost nur ein müdes Lächeln übrig, denn wir wissen es besser. Schon allein unsere Vorstellungskraft
übersteigt die reine Betrachtung der Wirklichkeit, wir haben im Sinn, sogleich ans Werk zu gehen und etwas zu
erschaffen, was Gültigkeit besitzt. Und das, Sie wissen
es, ist uns verwehrt. Wir sind zur Untätigkeit verdammt,
werter Freund, zum schändlichsten Nichtstun und zum
Verschleudern unserer Seele, als wären wir Sklaven, als
wären wir nichts als gemeine Opportunisten.

Sehen Sie, Sie sind ein großer Mensch, ich bin niemand, nur ein Herz voll mit Liebe zu den Menschen in

ihrer heillosen Tölpelei, die ihnen doch niemand übelnehmen kann, der sich edel fühlt, voller Sturm & Drang, ich gestehe, ein schwangeres Herz, eine übervolle Seele.

Die Untätigkeit der Seele macht mich krank, morbid, schon hege ich Zweifel an meinen Fähigkeiten, denn zu lange bin ich bereits in Fesseln, und dennoch, betrachte ich meine innere und meine mit dem Zeichenstift zu Papier gebrachte Welt, so dünkt sie mich doch einiger Kritik widerstehen zu können.

Sie meistern Ihren Konflikt mit Ironie und Selbstzucht, ich merkte, in Ihnen lebt ein Stück des alten Preußens fort, Ihre erzwungene Ruhe ist gestaltet und gezeichnet durch große geistige Anstrengung, meine dagegen ist ein Chaos, dürftig uniformiert zwar, aber Chaos alleweil. Um dies zu ändern, sollte ich schöpfen können, und zwar mit Applaus und Erfolg. Schon damals aber wusste ich es, und dabei blieb es zeitlebens, bis zum heutigen Tag: Denn ich sehe ganz klar ein, mein allerinnerstes Leben hat hier keine Zukunft.

Ich weiß bloß, unter viel Schutt, der by the way von Tag zu Tag wächst, liegt in mir ein Edelstein begraben, doch ich kriege ihn nicht zu fassen, soviel ich auch versuche, soviel muss ich daran scheitern. Eine Welt bestimmt über mich, die ich längst durchschaut habe, die mich nichts angeht, weil sie falsch und voller Grünspan ist, eine andere Welt liegt in mir drin, und ohne Erfolg ist diese noch falscher als die erste! Glauben Sie mir, ich laufe mit der Zeit um die Wette, gelingt mir die große Versöhnung von außen und innen, bringt sie mir Erfolg, so will ich glücklich sein, gelingt sie mir aber nicht bald schon, so bin ich selbst zu klarsichtig und zu bestimmt, um nicht konsequent zu werden.

Verzeihen Sie mir das, es mag Sie verletzen, dass ich keine Träne weine, dass mein Auge trocken ist, es dünkt Sie überdies, ich sei wohl noch ein Junge und wisse noch nichts vom Lachen über mich selbst. Verzeihen Sie, aber so meinte ich es nicht, nein, mir ist es ernst, tatsächlich. Lachen heißt das Gebot der Zeit, also tun wir es ihr nach!

Nein, hören Sie die folgende Geschichte, eine Liebesgeschichte, sie gehört zu mir, sie ist meine beste Vergangenheit und eignet sich auch sonst zur Wiedergabe, denn sie spielt in Frankreich und, Sie erraten es, auf einem Schloss. Sind Sie bereit, eine ganz und gar kindliche und außergewöhnliche Liebesgeschichte zu vernehmen?

Ich schicke die atmosphärischen Umstände voraus. Glänzende Sommernacht über Ährenfeldern, betrunkene Luft voller Weizengeruch wie in keiner unserer Sommernächte in Deutschland. Wie soll ich Ihnen das Schloss beschreiben? Genügt es, wenn ich sage, es war still, majestätisch, Fassade, öde Treppen hinab zu unermesslichen Gärten, und viele dunkle Kapitelle und Säulen, ähnlich dem Saverner Schloss, das Sie zu kennen scheinen. Das Schloss liegt weit in der französischen Provinz draußen, hervorragend in den Nächten versteht es sich auf die Ruhe, glauben Sie mir, in den Vorhangnächten, la Grande Nation à l'heure exquise.

Herbert, mein damaliger Freund und ich, wir kamen auf unseren Fahrrädern die Allee herauf. Die Nacht, ich wiederhole mich, war still und unermesslich, lauer Wind flüsterte in den Pappeln über unseren Köpfen, neugierig und verschmitzt näherten wir uns dem Koloss, wohl wissend, auf dessen Besuch kein Recht zu haben. Die Monumentalfassade stößt an einen bekiesten Rundplatz, der das Bild gänzlicher Verlassenheit bot, so dass uns Burschen die Angst beschleichen will, als just im Moment unseres débarquements an der nächtlichen Klippe, ganz in unserer Nähe, eine Stimme ruft: Qui est là?

Nun, was hätten Sie getan? Herbert, der Verwegenere von uns zweien, warf sein Rad auf den Kies, ging in dezidierter Haltung auf den Ort der geheimnisvollen Stimme zu und verschwand alsbald im Dunkel der Nacht. Atemlos horchte ich. Monsieur, c'est nous! Das war Herbert, seine Stimme ungewöhnlich spitz. Dann knirschte Kies. Qui es-tu donc, mon fils? Tu n'es pas d'ici, n'est-ce pas?

Je suis Allemand, mon nom est Herbert Simon et mon ami s'appelle Frédéric Thomas, Allemand comme moi. Nous avons nos bicyclettes avec nous, Monsieur.

Man rief nun auch mich herbei. Ich tat, wie geheißen, und immer noch fehlte jegliche Lichtquelle. Ah, il est là, quand-même! Ich hauchte: Excusez-nous, noble Sire, nous n'avons...

Ich kann nicht behaupten, je herausgefunden zu haben, wieso ich auf den glorreichen Einfall gekommen war, den Fremden mit solchen Anreden zu bedenken, noch weniger aber weiß ich, was der gute Herr sodann in seinen Bart lachte. Er schien belustigt über unser und insbesondere über mein Französisch, ja er konnte sich vor Lachen kaum erholen. Schließlich fragte er nach unserem Hotel, und als wir ihm antworteten, wir würden à la belle étoile campieren, lud er uns ein, bei ihm im Schloss zu übernachten. Wir waren nun in der größten Verlegenheit, das kann durchaus nachgefühlt werden, denn unsere Kleidung und unsere Manieren ließen uns an unserer Eignung als Schlossgäste verzweifeln, doch der Herr lachte in einem fort, nahm uns bei den Schultern, und so, werter Freund, betraten wir klopfenden Herzens das Schloss.

Da kamen wir nun aufs feinste Parkett, ins grellste Licht von Appliquen und Lüstern, vor Spiegel aller Art, uns war ganz mulmig in den Knochen, als wir merkten, dass es mit uns ins große Esszimmer ging. Kleinlaut betraten wir es.

Herbert war in seinem Element und der kleine Flügel in der Ecke des Raumes hatte es ihm angetan. Sich hinsetzen, ein vertrauliches Lächeln aufsetzen, die Hände reiben und mit gewaltigen Polterakkorden einsetzen, war alles so gut wie eins!

Die Sache schien mir merkwürdig einstudiert, er spielte unbekümmert drauflos, was er spielte, ist mir entfallen, ich, nunmehr allein auf dem köstlichen Teppich, erschrak ich nicht schlecht, denn, wie ich mich umdrehe, stehe ich unvermittelt vor einer tafelnden Gesellschaft. Einer sehr zahlreichen. Die guten Leute taten ihr Bestes und lächelten mir zu. Ich grinste und erschrak darob so sehr, dass ich plötzlich meine eigene Stimme nicht mehr unter Kontrolle hatte, ich hörte meine Worte: Nous devons mettre les bicyclettes à l'abri...

Der Erfolg dieser Erklärung war beispiellos, ins Gelächter der Prinzen und Grafen mischten sich die Kichereien der Prinzessinnen und Gräfinnen, dass es das schönste und herzhafteste Dissonanzorchester ergab, welches man sich vorstellen kann. Unser freundlicher Gastgeber war inzwischen in die Gesellschaft eingetreten und hatte dortselbst in hervorragender Stellung Platz genommen. Mit väterlicher Miene rief er mir über die lange Tafel zu: Comment? Ne les auriez-vous pas mis à l'abri déjà? - Non, Herbert et moi..., doch weiter kam ich nicht, ein fürchterlich langer Lakai nahm mich beim Arm und führte mich unter sanftem Zwang zu einem eigens für mich bereitgestellten Stuhl, währenddessen die Gesellschaft wohlgefällig auf mich herabblickte, ihr anfänglich bekundetes Interesse an mir glücklicherweise aber bald verlor und weiter zu tafeln beliebte, obgleich der Herr sein Auge stets unverwandt auf mir ruhen ließ und keine Anstalten traf, seinerseits mit der Tafel zu beginnen.

Da trat Herbert hinzu und es geschah etwas Unerhörtes, Sie ahnen es bereits, er setzte sich ruhig und selbstsicher an eines Prinzen Seite (den freien Stuhl dort hatte ich übersehen), nicht etwa an meine, doch dies klärte sich sogleich in merkwürdigster Weise auf, denn der Freund hub an, den ihm gegenübersitzenden Prinzen in ein Gespräch zu verwickeln: Mon cher cousin! Nous sommes arrivés, comme vous voyez. Dites, qui a donc gagné le pari, vous ou moi?

Sprachlos starrte ich meinen Freund, dann der Reihe nach sämtliche Gesichter der Gesellschaft an, in ihnen vergeblich ein Zeichen der Überraschung suchend. Der Angesprochene tupfte sich den Mund, legte die Serviette in beeindruckender Manier auf die Tafel nieder, beugte sich vor, hob das Glas und sprach: Je l'avoue: Tu es fort plus courageux que je te croyais de l'être, mais à ce qui concerne le pari, bon, je confesse que tu as maintenant une certaine avance sur moi, mais, und hier dehnte er die

Stimme, indem er gleichzeitig in meine Richtung blickte, wie einer, der einen Trumpf auszuspielen gedenkt, tu comprends, n'est-ce pas?

Ich glaubte mich angesprochen und stammelte ja. Offensichtlich ein Fehler, es erhob sich nämlich, im Augenblick wo ich das Ja ausstieß, Freund Herbert, wendet sich ungestüm an den Herrn Herzog (ich dachte, unser Gastfreund sei mindestens ein solcher): Monsieur, ai-je la permission d'expliquer la situation à mon ami? Je l'ai déjà assez trahi.

Man gewährte es ihm. Verzeih mir die Sache, das Schloss, diese Leute, die meine Freunde und Verwandten sind, etc.! Wie du gehört hast, schloss ich vor einiger Zeit mit meinem Cousin Yves eine Wette ab, die diesen Auftritt von mir verlangte, den du mir hoffentlich nicht übelnehmen wirst. Du wirst verstehen, dass ich ein Interesse daran hatte zu gewinnen, denn im gegenteiligen Fall würde mein Cousin jetzt zehn Francs von mir fordern, und so wie ich ihn kenne, hätte er es auch getan, nicht wahr, Yves?

Der Prinz sprach zu meiner Verblüffung nun leidlich gut Deutsch: Ja, das ist richtig. Mein Cousin Herbert verschweigt aber eine weitere Bedingung des pari... – Yves, tais-toi donc! Ich sah also, dass mehr im Schilde geführt wurde, von dem ich noch nichts wissen durfte. Lieber

Freund, Sie werden meine Entrüstung schwerlich verstehen, die mich zum folgenden Ausspruch verleitete: Monsieur Yves, dîtes-moi! Je veux savoir tout, et du, Herbert, wirst mir das, was mir dein Cousin zu sagen hat, bestätigen!

Mit dieser Floskel wollte ich Oberwasser gewinnen, wollte eine Sicherheit im Auftreten vortäuschen, die ich nie weniger besessen hatte als gerade zu jenem Zeitpunkt. Das Drama nahm seinen Fortgang, Prinz Yves erhob sich, lächelte in die Runde, nahm dann, in der Gesellschaft herrschte Totenstille, Kurs auf meine Wenigkeit, erreichte diese auch in Kürze, beugte sich zu meinem ungewaschenen Ohr und enthüllte mir die Wettbedingung, die Herbert vor dem finanziellen Bankrott bewahren sollte, falls ich so kühn sein würde, sie zu erfüllen.

Sie lautete: Mon ami Frédéric! Mein Cousin und ich vereinbarten, auf Wunsch einer damals, zum Zeitpunkt des Wettabschlusses anwesenden Drittperson, deren Name ich verschweigen möchte, folgenden Paragraphen mit in die Wette aufzunehmen: Wenn du, Frédéric, cette jeune et jolie fille, die du dort neben mir sitzen siehst, auf den Mund zu küssen wagst, und zwar in Aller Gegenwart und es zudem auf eine Art und Weise zu tun verstehst, dass sie, gänzlich unwissend wie sie jetzt noch ist, davon überrascht wird, soll dein Freund Herbert von der Zahlung von hundert Francs befreit sein! Qu'est-ce que tu en penses?

Sie können sich die verzweifelte Lage, in der ich mich befand, vorstellen! Doch so verzweifelt sie war, so köstlich erscheint sie mir heute! Ich wurde kreidebleich, meine Lippen wurden gefühllos, die Augen der hohen Gesellschaft waren in höchster Spannung auf mich gerichtet und ich glaubte, beim einen oder anderen ein spöttisches Lächeln entdeckt zu haben.

Das Fürchterlichste war, dass ich nicht wusste, wer alles in die Wette eingeweiht war. Ich antwortete mit Mühe: Elle ne le sait point? - Elle en est innocente. Und Ich: Comment dois-je le faire? Doch er: Je n'ose pas te conseiller. – Ich: Il ne joue pas de rôle, comment je m'en débrouille? – Und wieder er: C'est la surprise qui compte! - Mais, est-ce que ça sera bien la dernière des conditions du pari? – C'est promis!

Ich machte also Anstalten mich zu erheben. Der Prinz nahm seinen Platz wieder ein und gab der Gesellschaft freundlicherweise ein Zeichen, sie möchte doch mit dem Essen fortfahren. Dieser Umstand ermöglichte es mir, die Sache zu überdenken. Aber so geht es, kaum wendet sich das Interesse der Leute vom Gegenstand ab und versucht man krampfhaft, eine Lösung auszuhecken, merkt man, dass die Anwesenden, dadurch, dass sie sich abwandten, ihre Aufmerksamkeit bloß noch gesteigert haben, zumal die hier nun einsetzende Unterhaltung mehr als flau war, die Ruhe dagegen explosiv.

Ich bekam es mit der Angst zu tun, verwünschte das Schloss und die Umstände, die mich dazu geführt hatten, es zu betreten, ja, ich begann sogar meinen Freund Herbert zu hassen, der mich in diese missliche Lage gebracht hatte.

Das Mädchen schien älter und reifer als ich. Ihre Anmut erschien mir unübertrefflich. Je länger ich das Mädchen betrachtete, umso ungeheurer erschien mir mein Auftrag. Doch entschlossen stehe ich auf, räuspere mich und, wen wundert es, sogleich flogen mir alle Blicke zu, die Gabeln sanken auf die Teller, die Gläser blieben auf dem Tisch, die Unterhaltung ruhte. In einem Grab hätte es nicht stiller sein können. Mesdames, Messieurs! Le pari en question l'exige, que je fasse quelque chose que je ne ferais jamais volontairement. Je ne vous connais pas, mais je crois que la plupart d'entre vous est au courant de quoi il s'agit. Je veux rester honnête et poli et dire à la personne concernée de quoi il s'agit. La fille ayant le malheur de servir de victime à une attaque de ma part, à laquelle je me trouve forcé, n'est..., und meine Sicherheit wuchs, ich bemerkte das Erstaunen auf den Gesichtern der Leute, die mich zunächst noch für einen allzu großen Dummkopf gehalten hatten. Ich warf mich in die

Brust, meine Miene zeigte allerhand Allüren, der Blick kreiste in die Runde und ich fuhr fort: ... comme on me l'a dit, absolument pas au courant de ce qui va se passer dans un instant. Si jamais elle me donne la permission de le faire. Je vous demande donc humblement pardon, Mademoiselle, und dabei richtete ich mich an sie, die das Schauspiel mit großer Unbekümmertheit verfolgt hatte, auriez-vous la bonté de m'aider à sauver mon cher ami Herbert du péage de cent francs à son cousin? - Mais oui, je veux bien t'aider, si je le peux! Rief sie lachend.

Die Gesellschaft zeigte das platteste Erstaunen. Das verwunderte mich sehr, doch fiel ich sofort ein: Merci beaucoup, j'espère que vous maintenez... - Mais de quoi s'agit-il? Rief sie ungeduldig. Zu meiner Bestürzung verhaspelte ich mich, als ich es ihr erklären wollte. Mein Stand wurde schwieriger. Das Mädchen hebt ihre schöne Brust, lächelt geheimnisvoll wie ein Abgrund und stürzt mich in völlige Verwirrung. Mais quoi donc, c'est tellement difficile à dire?

Sie war die Frage selbst. Ich schwieg, jedes Wort wäre mir sogleich auf der Lippe erstorben. Heute weiß ich, dass sie wusste, worum es gehen sollte, zumal sie meinen Freund Herbert zur Genüge kannte. In Anbetracht meiner Artikulationsunfähigkeit entschloss ich mich zur Handlung. Ich umging die Tafel, einsam und allein, wie der Satellit seinen Planeten. Alles wartete gespannt wie ein Bogen. Im Hintergrund stellte der Lakai eine Torte bereit. Ich beobachte mich bei diesem Gang nach Canossa selbst kaltblütig, als sei ich mir fremd geworden.

Irgendwie kam die letzte Annäherung zustande, motorisch und unabhängig vom Bewusstsein, wie es glücklicheren Naturen in solchen Hasard-Momenten zu geschehen pflegt.

Das war mein erster richtiger Kuss. Durch den Jubelruf Herberts und der ganzen Gesellschaft, die sich, war es Absicht oder nicht, erhoben hatte, um der Liebesszene mit dem größten Entzücken beizuwohnen, durch den allgemeinen Lärm, der nun das Zimmer beherrschte, wurde ich aus meiner Betäubung gerissen. Der Engel lächelte, und mir war schwindlig. Von der Berührung mit ihrem Körper behielt ich nichts in Erinnerung als den breiten Druck ihrer Lippen.

In der Tat war es ihr Verdienst, wenn ich die Wette für Herbert als für gewonnen verbuchen durfte.

Werter Freund, ich erzähle Ihnen das mit großem Ungeschick! Die Sache war so einmalig, dass ich sie nicht wiederzugeben verstehe. Nachdem die Wette zur Zufriedenheit aller ausgefallen war und ich mich gesetzt hatte, erhob sich wie auf ein Zeichen hin die ganze Gesellschaft mitsamt ihren Weinkelchen erneut, die auf mein

Wohl ausgetrunken wurden. Ich war glücklich, hatte einen schändlich roten Kopf und schielte allezeit nach ihr hinüber, die den Blick nicht von mir abwandte, in dem ich eine stille Freude zu bemerken glaubte, eine so starke Freude, dass ich Angst bekam, weitere Annäherungen stünden bevor. Yves erhob sich ein zweites Mal und sprach: Mes chers amis! Il est grand temps d'annoncer un grand évènement. J'ai la joie et l'honneur d'annoncer ici et maintenant, que l'ancienne Maison de Chary fut sauvée grâce aux transactions financières qui avaient lieu à la Bourse de New York, des transactions que nous proposa mon cher oncle, l'honorable Monsieur Waldeck, qui, vous le savez, est le chef de notre entreprise filiale aux Etats-Unis. Notre cher Waldeck a eu la bonté de nous joindre ici en France. Mon cher oncle, je vous remercie au nom de notre jeunesse, une jeunesse courageuse, on dirait, et au nom de moi-même, qui à l'honneur de servir de guide a l'ancienne Maison dans les tempêtes de notre temps et des années passées. Je vous donne donc le mot, mon cher Waldeck!

Herr Waldeck erhob sich und hielt eine beklatschte Louange auf das Unternehmen de Chary und eine noch längere über die Finanzgeschäfte, mit denen er das Stammunternehmen zu retten verstand. Die Tafel wurde aufgehoben, die ausgelassenste Gesellschaft, die Sie sich vorstellen können, begab sich unisono ins Nebenzimmer, einen Salon mit hohen Türen auf den Park hinaus.

Die Ausstattung war Louis XVI, wie könnte es auch anders sein, obwohl mich dünkte, dieser Stil passe nicht so recht zum Schlosse selbst, das mir älter erschien, aber ich gebe gerne zu, dass ich von solchen Dingen herzlich wenig verstehe.

Ich taute vollständig auf, trieb mich mit Herbert vor dem Kamin herum, worin der Lakai, uns Jungen väterliche Ratschläge erteilend, ein wunderbares Feuer hochzog. Herbert nimmt sogleich einen Sessel und setzt sich vors Feuer, heißt mich, es ihm gleichzutun, hält mir ein Glas Cognac unter die Nase und gibt nicht eher Ruhe, bis der Hausherr uns von dort wieder vertrieben hatte. Ich bat meinen Freund, in den Park treten zu dürfen. Er selbst hatte daran kein Interesse, sondern trieb sein Neckspiel nunmehr mit einem anderen Cousin, der ihm eine Partie Billard vorschlug.

Ich stahl mich ins Freie. Sie erkennen wohl, dass mich das ganze ermüdet hatte, dass ich nun zunächst der Einsamkeit bedurfte. Draußen schien eine Sichel von Mond und in den alten Riesen, den Eichen und Buchen perlte der gleiche Wind wie Stunden zuvor. Da war auch ein Weiher, eher ein See zu nennen, mit allerlei Figuren auf Sockeln. Nichts Außergewöhnliches bei einem großen Schlosse, werden Sie denken, zumal in Frankreich, aber auf mich machte es einen großen Eindruck.

Ich weiß nicht mehr, wie lange ich dort im Garten spaziert habe. Aus dem Haus dringt plötzlich Musik, ich eile hinein. Die Gesellschaft hatte inzwischen in einen Saal gewechselt, um dem edlen Zeitvertreib des Tanzens zu obliegen. Die Situation, in der ich mich befand, war unwirklich und aus einer anderen Zeit, war unheimlich eindrücklich für meine Kinderseele, wie später nichts Vergleichbares mehr.

O glauben Sie, der Kaiserball, dieses Festival, diese Nachgeburt könne verglichen werden mit unserer kleinen Tanzgesellschaft, ja mit dieser Gesellschaft überhaupt, die die erstaunlichsten Metamorphosen durchzumachen imstande war? Von der Tisch- wurde sie zur Publikumsgesellschaft, zur Geschäftsrunde, zu einer Tafel gewiefter Politiker und Kapitalisten, verwandelte sich dann unisono in eine Diskussions- und Philosophengemeinschaft, um schließlich die reizendste Tanzrunde darzustellen, die man sich wünschen kann.

Wie ich den Saal betrete, brandet mir eine Woge aus Musik entgegen. Ich erinnere mich an einige der Stücke, an die Ferienreise-Polka von Joseph Strauß und an einige Foxtrotts und Melodien aus den Dreißigerjahren.

Natürlich hatte man hier kein Orchester, aber eine hervorragende Plattenspieleranlage. Dieser Umstand ist zwar etwas lächerlich, wenn man an den Rahmen des

Ganzen denkt, aber wer dabei war, bemerkte den Ana-
chronismus nicht. Damals verstand ich mich auch noch
gut aufs Tanzen und war bei den Damen gefragt. Es ging
nicht lange, bis die Wahl an die Damen ging und ich von
meinem Kussmädchen ohne Scheu aufgefordert wurde.

Solange sie von mir nichts verlangte, hielt ich mich
glänzend, aber dann wollte sie wissen, welcher mein
Name sei, woher ich sei und dgl. mehr. J'ai quinze ans,
et vous? Sie war erstaunt: Quinze? Je te croyais plus agé!
Betroffen und beschämt über mein geringes Alter, biss
ich mir auf die Lippe. Je m'excuse, j'ai seulement quinze
ans. C'est dommage, n'est-ce pas? Darüber war ihr Erstaunen groß: Je ne comprends pas? Ich versuchte zu lö-
schen, wo ich konnte, aber das Feuer war bereits hors
contrôle. Mais tu sais, Frédéric, tu es si grand de taille,
que moi... tu vois... ? - Je le vois, Catherine, c'est ton
nom, n'est-ce pas? - Tu devines vite!

Es bestürmten mich allerlei Gedanken, das können
Sie sich denken, jedoch, ich konstatierte, dass das Gespräch banaler verlief, als mir lieb sein musste. Eigentlich
hätte ich damals den Saal verlassen, hätte erneut in den
Garten austreten sollen, aber ich erachtete es für selbst-
verständlich, ein nochmaliges Verschwinden meiner
Person würde nicht ungerügt hingenommen werden.

Schließlich ging das Fest zu Ende. Bald kehrte Stille
ein im Schloss, das leere Parkett, auf dem wir getanzt

hatten, glänzte im Mondlicht. Endlich allein! Herbert hatte mir noch gähnend mein Zimmer gezeigt und war verschwunden.

Lange saß ich in der offenen Tür des Saals und starrte zur Mondsichel hinauf. Da zog von weither eine Meeresruhe in mein Gemüt ein, dass ich über mich selbst erschrak. Eine Zeit lang dachte ich daran, ganz leise einen Walzer abzuspielen, aber dieser Gedanke ärgerte mich bald. In den riesigen Vorhängen reckten und dehnten sich erwachende Geister, im Getäfel kicherten die Kobolde und in mir drin sprang ein Türchen auf und ließ Nacht und Mond in mich hinein, ich begann zu warten, bis ich merkte, dass alles um mich herum ein großes Warten war, alles lebendig und tot zugleich. - Tu rêves, Frédéric? Spricht die Nacht zu mir? Sie stand nun auf einmal neben mir, Catherine, heraufgekommen aus dem Garten. Mais qu'est-ce que tu fais ici? Das braune Haar umfloss den schönen Kopf, ihr Kleid, ein ganz verfluchtes Kleidchen, war verführerisch kurz, klebte an den blassen Schenkeln, und mit der anmutigsten Gebärde setzte sie sich auf die Balustrade. Sie schien etwas zu sagen, ich höre es aber nicht, so weit weg war sie und ganz mondlichtübergossen, sprach sehr leise, so leise, wie nur Verliebte sprechen.

Worüber wir redeten, weiß ich nicht mehr. Ihre Hände haltend, so stand ich vor ihr, unsere Stirnen berührten sich wie durch Zufall. Ich herzte und umarmte sie, ich weiß gar nicht wie stark!

Es war die herrlichste Sommernacht meines Lebens. Nie wieder habe ich so innig geküsst, nie wieder habe ich so lieben gewollt! Dann, vielleicht verstehen Sie, lagen wir sehr lange nebeneinander im Gras. Wie alt sie war, wusste ich nicht. Einige Jahre älter als ich war sie bestimmt.

Habe sie nie wiedergesehen. Sie fuhr noch in der Nacht mit ihrer Mutter zurück nach Paris. Doch das erfuhr ich erst am nächsten Morgen.

Herbert hörte bald auf, mein engster Freund zu sein. Wir kamen mehr und mehr auseinander und hatten einander bald nichts mehr zu sagen. Er ging unbeirrt den ihm vorgezeichneten Weg. Vielleicht sollte ich es hier erwähnen, er hat mir vor zwei Wochen geschrieben, für mich eine Sensation, denn er schrieb nie, doch was er schrieb, hat mich, Sie verstehen, tief erschüttert.

Zunächst teilte er mir mit, dass er sein Examen in Paris mit Erfolg bestanden hatte, dann berichtete er, ehrfürchtig und fast scheu, vom Missgeschick eines Lastwagenfahrers, eines Monsieur Camille, das diesem in der Nacht vom 4. auf den 5. August widerfahren sei, und in dessen Folge Catherine den Tod gefunden habe. Sie wäre, so teilte er mir mit, in einer jener französischen Alleen, die uns so gefallen, ganz korrekt gefahren, und zwar nicht, wie sonst üblich, mit dem Wagen, sondern, unüblich, mit dem Fahrrad. Den Wagen habe sie dem Bruder zur Verfügung gestellt, der sein Mädchen ins Kino fahren wollte.

Dort in der Allee sei sie von dem Lastwagen erfasst worden, dessen Fahrer, jener Camille, übermüdet gewesen sein soll. Die Verletzungen des Mädchens seien sehr stark gewesen, sie sei an Ort und Stelle, einen verzweifelten Monsieur Camille zurücklassend, verstorben. Das teile er mir mit, weil er wisse, dass Catherine mich geliebt habe und er annehme, umgekehrt verhalte es sich gleich.

Nie hätte ich gedacht, dass Herbert in jenen Augenblicken, wo er mit uns zusammen war, so rasch die Dinge begriffen hatte, die mir selbst lange Zeit undurchsichtig geblieben sind. Ich bin voller Bewunderung für ihn und das Mysterium der Freundschaft. Stellen Sie sich vor, nach so vielen Jahren eine solche Aufmerksamkeit und nachdem wir uns gegenseitig vergessen hatten. Wissen Sie, vier Jahre mögen Ihnen kurz erscheinen, für die Jugend könnten vierzig Jahre nicht mehr Neues bringen als vier!

Nun, das ist meine Liebesgeschichte. Leider bin ich kein großer Erzähler. Doch seien Sie versichert, die Geschichte habe ich noch keinem erzählt, ich brachte sie nur deshalb zu Papier, weil ich zu Ihnen in einem so merkwürdigen Verhältnis stehe, dass alle gewöhnlichen Hemmungen, die ein ehrlicher, gerader Mensch empfinden müsste, wenn es zwischen uns anders wäre, vollkommen wegfallen oder überhaupt nicht entstehen können.

Wie verachtete ich mich, wenn ich dies, und andere Dinge, die ich bereits erzählte, einem gleichgültigen Publikum zum Besten gegeben hätte!

Wenn ein Versagen (wie man so sagt), wie es bei mir der Fall ist, auf die Unmöglichkeit, in dieser Welt eine reine Seele und ein reines Gewissen zu behalten, zurückzuführen ist, so mag man sich für diesen Lapsus gar nicht entschuldigen und verteidigen, solches bedingte die öffentliche Sektion der eigenen Gefühle und der eigenen Seele. Vielen wird dies allerdings leichtfallen, ich weiß, aber die Hausiererei mit Psyche und Leben ist so gemein und niedrig, so flach und betrüblich, zugleich so unnütz und verfehlt, dass, ginge es rechtens zu, so einer nicht einmal Selbstmitleid aufbringen dürfte.

Das Übertönen des feinen Frage- und Antwortspiels zwischen Ich und Seele durch grobe Arbeit ist Tölpelei, ist das Allerweltsmittel, das einem alte Tanten, es gibt ganze Völker, die bestehen nur aus Tanten und Onkeln, die alles betrügen und belügen möchten, verschreiben wollen.

Wenn von diesen Tartüffs doch nur einer die Größe und Tiefe unserer Vorstellungen nachzufühlen imstande wäre! Ich überhebe mich nicht, diese letzte Gewissheit gilt uns, bei allem Selbstzweifel, als Axiom, unsere Seele ist grösser und ist tiefer als die eure! (Damit lässt sich allerdings kein Geld verdienen, zu Recht, denn wir könnten ja auch sagen und täten besser daran, unsere Seelen sind so gleich den euren, dass wir euch geradezu dienen möchten und herzlich gern für einen Schundlohn Nonsens fabrizieren wollten, wie ihr es uns vormacht).

Tausendmal erlebte ich das Erstaunen der Menschen ob unserer Vorstellungen, werter Freund, und ebenso oft horchte ich in die Leute hinein, um ihre zartesten Gefühlssaitenklänge zu erhorchen, und so oft ich es tat, so oft wurde ich enttäuscht! Freilich dient uns solches Selbstgefühl nicht zur Weltsicherheit und Weltjovialität des (vielzitierten) Arbeiters. Denn uns sollte einer mal zurufen, und wir würden ihm gehorchen wie Sklaven: So ist es - so ist es nicht! Das ist wahr - jenes ist falsch! Dies ist oben - das ist unten!

Vielleicht meistern Sie dieses Los besser, als ich gedacht, vielleicht meistern Sie die Violinsaiten Ihrer Psyche mit Bravour, ich bin daran gescheitert, das ist schlimm und beschämend. Der grausame Tod Catherine trieb mir die Tränen richtungsloser Wut in die Augen! Hat es jemals einen unverdienteren Tod gegeben als den ihren? Hat es jemals einen Schuldigeren gegeben als mich? So schrie ich und erschrak nicht. Ich halte noch heute jenen Camille für unschuldig. Natürlich ist er für den Fall vor Gericht verantwortlich, aber die Schuld, die ich meine, die trifft ihn kaum, umso mehr aber mich. Wieso war ich nicht zugegen, wieso hielt ich sie nicht in den Armen?

Langsam beginne ich zu begreifen, dass meine ganze innere Unstimmigkeit davon herrühren könnte, dass ich in der Welt draußen, die doch auch meine innere Welt ist, dass ich dort und hier eine Stelle unbesetzt finde, eine Stelle der Völkerpsyche und meiner eigenen. Einen Stuhl sehe ich leer für den Richter jenseits des Zufalls, für den Ja- und den Neinsager in den Dingen, für den Lenker des Schicksals, das ohne ihn nur eine Verlegenheit ist, für den Großen Freund für Sie, für alle, für mich.

Es ist nichts als ein vages Gefühl, nebulös, verstehen Sie mich richtig, nicht, dass ich nicht selbst entscheiden, denken, schöpfen könnte, dass ich es nicht mit etwelcher Bravour gar könnte, nein, das Gefühl werde ich nicht los, es müsse ein in jeder Beziehung Großer die Welt uns nochmal tausendmal besser vormachen kommen.

Vielleicht suche ich Gott? Aber es wäre ein merkwürdiger Gott, nein, ich suche den neuen Alexander, den Bruder der Moiren, jenseits von mir und dir. Sie bemerken es mit Unwillen, wie nahe die Ironie dem Pathos ist und Sie wissen, dass dies ein sicheres Zeichen der Unreife ist, ja, was das Schlimmste ist, Sie durchschauen auch diese, meine Selbstkritik als Unsicherheit und Unreife, als Korrigiererei an daneben Geratenem, doch kenne ich Sie als einen, der verzeihen will und kann der guten Aufnahme meines Tohuwabohus bei Ihnen gewiss sein.

Da erlebe ich es manchmal, wie unsere Zeit ohne Geist ist, wie die Jugend und, was noch betrüblicher ist, auch die älteren Menschen keinen Tiefgang mehr haben. Vielleicht bin ich da bloß ein Einzelfall, aber selbst, wenn dem so wäre, ich bliebe traurig, wissend, dass all die jungen Leute und Freunde, so fantastisch ihre Fähigkeiten sind, das delikate Gewürz nicht mehr zu goutieren verstehen, das in die Verschränkung von Sein und Zeit und Mensch gehört wie der Schlüssel ins Schloss, ich meine die Geistigkeit, die Akrobatik auf hohem Seile, notwendig Willenszucht und Anspannung hervorrufend, und unverständlich, ungeahnt ist ihnen jegliche Innigkeit, ja, sie haben vom gewaltigen Innenraum der Welt keine Vorstellung, keine Ahnung von der silberfädigen Feinheit und Eleganz seelischer Betrachtungsweise. Wie, ums Himmelswillen, wollen diese Leute Kunst verstehen oder Kunstwerke hervorzaubern aus ihren Yoghurt-Köpfen? Sie, als kultivierter Mensch, als vigilanter Mensch, als Preuße werden erfasst haben, dass hier ein Problem liegt, das Problem schlechthin verborgen ist, und Sie werden mir in allem beistimmen.

Ich möchte vielleicht noch kurz meinen ersten Universitätstag schildern. Genauer gesagt, handelte es sich dabei um den Besuch des Dies Academicus an jener Hochschule, an der ich Architektur oder Philosophie studieren wollte.

Voller Zuversicht, nun endlich jene großen Männer zu sehen, die unser heilloses Geisteserbe verwalten, betrat ich das glänzende Parkett der Aula, wo diese intime Begegnung stattfinden sollte. Mit mir strömten Studenten, Professoren und Ehrengäste in die Halle, meines Erachtens viel zu wenige und tatsächlich füllten sie den immensen Raum nur zu zwei Dritteln. Der Rektor hielt eine Ansprache, die von verschiedenen, mehr merkwürdigen und beschämenden als erfreuenden Referaten anderer Herren ergänzt wurde. Schließlich erklomm ein kleiner Mann mit Hornbrille das Katheder, schob sein speckiges, vom dandyhaft gekämmten Grauhaar umflortes Haupt über die Pultkante und begann als *préface* damit, eine hochmütige Beamten-Byzantiner-Bürokraten-miene aufzusetzen, räusperte sich erstaunlich friedlich und sagte Belangloses. Er hatte etwas Unbeholfenes,

Kindliches. Seine Sache verfocht er mittelmäßig (was mit großem Applaus bedacht wurde) und mit dünner Stimme, ein unbedeutender Mann, der alles auf ungeistige Art ernstnimmt und sich als Ausgleich dazu einer primitiven Jovialität bediente, die jeden hätte beleidigen müssen. Seine Rede war lang und gelahrt. Sie kennen den Universitätsbetrieb und machen sich keine Illusionen bezüglich dessen Niveaus.

Ich hatte sehr große Illusionen, die von Redner zu Redner dahinschmolzen wie Schnee an der Frühlingssonne. Enttäuscht verließ ich mit den anderen den Saal, der ein Meisterwerk der Banalität war. Wie ich mich in der Vorhalle im Gewühl des salbadernden Volks umsehe, nach einem bekannten Gesicht ausspähend, vernehme ich von ganz aus der Nähe: Der eine da, der Bebrillte, der hat gut gesprochen! Einige Studenten und Professoren standen zusammen und führten ein angeregtes Lobgespräch über die ungeheuren Qualitäten dieses Rhetors, deren eine es zum Beispiel sei, mit keinem Wort Deutschland erwähnt zu haben, ja, der in vorbildlicher Weise dieses Wort zu vermeiden gewusst, es durch neutrale und unbelastetere Ausdrücke ersetzt habe. Das Lob über diesen Trabanten der Forschung war allgemein, lediglich ein einziger wagte den Satz: Ist Deutschland denn eine so starke Realität, dass man sogar noch vor seinem Namen Angst hat? Nicht wahr, so ist es doch, bei den Wilden ist es unter Todesstrafe verboten, den Namen des Dämons auszusprechen, aber sind wir denn Wilde? rief er aufgebracht. Wer Nietzsche gelesen und studiert hat, begreift, wenn ich es ausspreche: Früher war Deutschland unser apollinisches, heute scheint es unser dionysisches Problem zu sein. Problem ist es geblieben und, darin stimme ich euch allen nicht bei, die Tabuisierung des Namens ist weder Bewältigung noch Lösung.

Die Verblüffung in der Runde war groß angesichts dieser Weder-rechts-noch-links-Interpretation. Ein Augenbrauenprofessor, *excusez l'expression,* schlich sich nahe an den Vorwitzigen heran und zischte: Der Dies ist kein philosophisches Kolleg und schon gar nicht eine Auftrittsgelegenheit für politische Redner! Sie blicken da noch ein wenig zu naiv in die Welt, mein Junge!

Da platzte mir der Kragen, und ich rief mit lauter Stimme: Sie führen sich ja selbst ad absurdum! Sehen Sie denn nicht, dass die Tatsache, einer von Ihnen kommt auf die Idee, als Kommentar zum Anlass das Fehlen des Namens Deutschland zu loben, und dass die zweite Tatsache, dass Sie da gleich alle applaudieren, ganz offensichtlich zeigen, dass dieser Herr hier recht hat! Deutschland ist unser dionysisches Problem, sonst hätte ja auch der Herr Professor nicht so aufgebracht zu werden brauchen und hätte es unterlassen können, das Blaue vom Himmel herabzulügen über Politik. Und ich fügte bei:

Warum, Herr Professor, brachten Sie Ihr Argument erst, nachdem der Herr hier seinen Einwurf getan hatte? Gut, wenn Sie dies nicht verstehen, dann lassen Sie's bleiben, aber ich halte Sie für sehr beschränkt.

Weiter kam ich nicht. Augenbraue zitterte vor Aufregung, der Schweiß floss ihm von der Stirn, und die übrigen Herren mussten uns separieren. Und ich? Ich war in solch zielloser Wut und bodenloser Verachtung über die Verlogenheit der Szene und des Anlasses überhaupt, dass ich mit aller Gewalt rufe: Hören Sie mich, Herr? Einer wird an euch den Zirkel legen, wird euch kartografieren und von euch schneiden, was zu viel ist! Ihr selbst ruft ihn herbei, ihr Narren! Und da rief er zurück: Sie sind ein erbärmlicher Faschist! Da wurde ich ruhig, riss mich frei, ging auf ihn zu und sage gefasst: Ich weiß nicht, wie tief gesunken Sie sind, um in diesen Wortfetischismus zu verfallen, aber er passt zu Ihrer Tabuisierung unliebsamer Begriffe. Ich weiß wohl, dass ich viele Fehler habe, aber das muss ich mir nicht von Ihnen und nicht auf dieser Stufe sagen lassen. Ich kenne mich besser, als Sie mich je kennen könnten, und ich arbeite an mir, bin nahe der Verzweiflung über mich selbst, und da kommen Sie und rufen: Sie sind ein Faschist! Nein, auf dieser Stufe sind Sie der Souverän. Leute wie Sie, die sich einen Deut um die Welt im Menschen kümmern, solche Leute sollte man nach dem Fleischwert bemessen und verkaufen auf dem delischen Markt! Sie, Professor, Sie gehören zu denen, die heute genüsslich das Diktatörchen spielen, die demokräteln und republikeln und nur ja nicht Diktator sein wollen, nein, aber ein liebes und gewähltes, ganz und gar verantwortungsentlastetes Diktatörchen, zu denen gehören Sie, und scheinbar sitzen Sie am längeren Hebelarm. Nur weiter so! Die Geschichte wird über Ihresgleichen den Deckel werfen! Meine Verachtung über diesen Mann hatte ihren Höhepunkt erreicht, ich drehte mich um und verließ die verdutzte Runde.

Nie fühlte ich mich so verlassen und allein wie damals, das werden Sie begreifen. Aus diesem Vorfall können Sie ersehen, wie schlecht ich mich zur Ergreifung eines Studiums eigne und begreifen auch, dass ich mich längst für überflüssig halte.

In letzter Zeit fühle ich mich frei und stark, mache öfters Besuche bei alten Freunden, helfe hier und dort aus, warte auf irgendwas, weiß nicht worauf. Mit Jacqueline des Öftern ins Kino gegangen. Das Mädchen ist ein Wunder an zur Schau gestellter Schönheit, ihre taubengrauen Augen sind voller Naivität und Schamhaftigkeit, sehr zum Vorteil des Begleiters, der in solchen Augensternen leicht lesen kann, ob er ihr zu gefallen weiß.

Wir Männer sind doch stets auf Eroberung aus, selbst noch im sinnwidrigsten Moment, sind darauf aus, den Helden zu spielen, um jeden Preis zu imponieren. Sie müssen wissen, Herr G., dass ich vor noch nicht allzu langer Zeit mein Interesse an ihr etwas zu deutlich dokumentiert hatte, und daher, da sie von mir nichts wissen wollte, wohl oder übel die ganze Niederlage einstecken musste, vor der ich gezittert hatte wie Espenlaub.

Sie musste es gewollt haben, ihr Triumph war groß. Als Folge davon wurde ich von den besten Freunden ausgelacht. Ich sah mein Kavaliersprestige zu Boden getreten, die Sache hatte sich coram publico abgespielt. Konsequent wie ich bin, zog ich mich darauf aus der Gesellschaft zurück, ein Ereignis, das mir noch weit mehr übelgenommen wurde als meine Dummheit bei der Avance. Ich kam mir selbst lächerlich vor, mein Benehmen hatte etwas Antiquiertes, es war, mit Verlaub, zum Kotzen.

Ich befand mich bei Wanner, wir spielten Karten und tranken Korn, als tingeling das Telefon schellte, Wanner zu einem Abroller auf dem Teppich provozierend, in der Linken die Karten, in der Rechten das Telefon, das er im Rollen ergriffen hatte, zugleich lachend und redend im Dunkeln verschwand. Es dauerte nicht lange, so tauchte sein Gesicht über der Stuhlkante auf: Für dich, hohoo! Eine Verehrerin. Und in die Muschel schnarrte er: Küss die Hand, Mädel! Ich übernahm den Hörer. Bist du's Frédéric? (Sie ist Französin, was ich zu sagen vergaß, ihr

Vater dient als Offizier in Deutschland). Es war Jacqueline. Na, wie geht's denn?

Ich war ins Kino eingeladen. Wanner bedauerte
mich, vermutete einen Anschlag holder Weiblichkeit auf
mein tumbes deutsches Gemüt, wie er sagte.

Wir sahen uns einen Belmondo-Klamauk an. Jean-
Paul Belmondo, Sie werden von ihm wenigstens gehört
haben, spielt in dem Film eine Doppelrolle, einen mittel-
losen, nicht ganz und gar erfolglosen Schriftsteller in Paris und dessen zweites Ich, die eigene Traumfigur Bob
Saint-Clare, die Hauptfigur seiner Romane, die Parodien
auf James Bond sein wollen. Über der Wohnung dieses
Schreiberlings hat sich nun, glücklicherweise, eine Sozi-
ologiestudentin eingemietet, die mit ihrer allerdings fan-
tastischen Schönheit unseren Helden so in die Enge
treibt, ohne dass sie davon etwas ahnt, dass der verliebte
Kauz sie in seinen Romanen Einzug halten lässt als Su-
peragentin und Freundin seines Zweit-Egos Saint-Clare.
Der Zufall (oder der Film) will es, dass das Mädchen in
ihren Soziologiestudien so weit fortgeschritten ist, dass
sie sich mit dem Abfassen der Dissertation anfreunden
muss. Ein weiterer Zufall will es, dass sie dabei auf die
Romane ihres Nachbarn aufmerksam wird und darin
nun, vor allem in der Person Saint-Clares, elementare
psychologische und psychoanalytische, soziologische

und soziokulturelle Typen vereinigt findet. Sie beschließt, über diese Figur ihre Arbeit zu schreiben. Natürlich tritt sie des Öfteren mit dem Erst-Ego des Schriftstellers in Kontakt, und, nun ja, die sich daraus ergebenden Verwicklungen von Egos, Realitäten und süßen Illusionen sind köstlich, komödiantisch und liebenswürdig.

Meine Freundin sprach, während der ganzen Vorstellung kein Wörtchen, lachte auch nie, während ich mich vor Lachen kaum halten konnte. Ich hatte das Gefühl, als schaue sie mich von der Seite an, wie eine Mutter ihr nicht ganz normales Kind. Ich wurde immer unsicherer und trauriger ob mir selbst, immer ausgelassener aber wegen des Films. Der Streifen war zu Ende, die Leute strömten ins Freie. Ich stocke im letzten Lächeln, sie schwieg und blieb sitzen. Was ist denn los? frage ich. Leise, mit vornüber geneigtem Kopf, das üppige Haar auf die nervösen Finger fallend lassend, sprach sie: Ich liebe dich, Frédéric. Den Kopf zurückwerfend und mit tränengefüllten Augen: Ne fais pas de bêtise – mach keinen Blödsinn, Frédéric!

Sie werden verstehen, mein Freund, dass mir die Worte im Hals stecken blieben. Sie: Ich möchte den Film noch einmal sehen, bitte! - Gut, Jacqueline, aber ich muss dazu neue Karten kaufen. - Non, tu me fais rire, tu es si naïf! Man muss keine neuen Karten kaufen, um einen

Film zweimal zu sehen, wenn man gar nicht erst hinaus-
geht, Frédéric! – Ah! Bon, je ne le savais pas.

Bis zur nächsten Vorstellung sitze ich stumm da,
auch sie sagt kein Wort, sie hat nur mit ihrem braunen
Haar gespielt, verzweifelt über mich geschienen, wo ich
doch nicht wusste, warum (ich wusste genau warum). Ich
war glücklich und zu Tode betrübt, zuletzt hatte sie sogar
noch richtig geweint. Ich versuchte sie zu trösten, fasste
sie linkisch und zaghaft an die Brust, nur um sie gleich
wieder loszulassen. Die zweite Vorstellung schien ihr
lustiger zu sein als die erste, mir erging's umgekehrt. Sie
stößt mich zärtlich lachend in die Flanke, und als ich un-
willig reagiere, wirft sie sich mir buchstäblich an den Hals
und bedeckt mich mit Küssen. Ich nehme das Mädchen
in den Arm und befehle ihr zu schweigen.

Im Café um die Ecke, entschuldigen Sie die Platti-
tüde, saßen wir an einem Tischchen, tranken, glaube ich,
Irish Coffee, und redeten viel. Frédéric, sieh diesen kleinen Tisch, so klein ist die Welt für dich, und dabei ist sie
so groß! Das war aus der Verzweiflung gesprochen, sie
begann nun hemmungslos zu weinen, und, wie könnte
es anders sein, die Tölpel und Gören im Café wunderten
sich nicht schlecht. Frédéric, excuse-moi, je suis com-
plètement... - Sei still, Schatz, es stimmt, was du sagst,
ich habe es sehr wohl verstanden. Jacqueline, was hast
du bloß? - Heute morgen dachte ich, du seist gestorben!

Ihr Gesicht war voller Entsetzen und Spannung, ich rief verwirrt: Et tu me téléphonais toute de suite? - Ah non! Erwiderte sie und schwieg.

Daraufhin war ich bei ihr zum Essen eingeladen. In ihrem Zimmer, einem einsamen Zimmer. Die Mutter lebte in Paris, der Vater bei der Truppe. Dieses Mädchen war so durch und durch Französisch, so luzid und klar in allem und so Schauspielerin, man musste sie lieben. Wer solches nicht aus eigener Erfahrung kennt, wird auch keine Berichte darüber verstehen. Sie kennen Frankreich.

Wir sprachen viel an jenem Abend, und als ich um Mitternacht gehen will, ja, als ich ihr zu verstehen gebe, dass alles vorbei sei, da ließ sie mich nicht fort, flehte mich an, zu bleiben, und selbst, als ich ihr verblüfft entgegne, ich könne doch kaum bei ihr übernachten, ließ sie nicht ab, mich zu bearbeiten, in der Tat setzte sie alle Waffen der Betörung ein, die ein solch fantastisches Mädchen gegen unsereiner aufbieten kann. Ich protestierte: Non, écoutes ! Je dois partir! - Pas comme ça, non, je ne veux pas que tu, ah, tu sais, toi! - Laisse-moi passer! Je t'en prie, ich kann und will dich nicht unglücklich machen. Bitte lass mich gehen, was ist denn an mir schon Besonderes, dass du ein derartiges Theater machst? Ich liebe dich auch, das weißt du. Ich rufe dich morgen an. Gib mir deine Nummer!

Morgens um fünf klingelt es unten an der Tür. Ich bin allein zuhause, renne wütend hinunter und lasse sie eintreten. Alors, écoute! Cela ne va pas! Moi, je continue à dormir, bon soir! Kaum gesagt, bereue ich es, und als ich sie ansehe, erschrecke ich. Schließlich, zu Boden blickend, sage ich: Du hast recht. Aber du hast Unrecht, wenn du meinst, mein Tod sei etwas Wichtiges. Nein. Es ist aus. Glaube mir. Für eine Liebe ist in mir jetzt kein Platz mehr, ich bin nur das Loch, in das ich hineinfalle. Heute, gestern, da war ich vielleicht jemand, ich war froh und glücklich. Jacqueline, ich kann es dir nicht erklären, bin zu müde dazu, die Worte fallen mir nicht ein. Ich liebe die Welt, ich liebe die Menschen, die Kinder, die Bäume, die Sterne, ich liebe den anbrechenden Tag im Schilf am Flussufer, ich verachte niemand und nichts außer mich selbst. Alles ist bestens, aber ich habe mich entschlossen, diesen dummen Zufall, dass ich auf der Welt bin, rückgängig zu machen. Denn ich sehe ganz klar ein, mein allerinnerstes Leben hat keine Zukunft. Als einer, der sich ehrlich und gerade glaubt, will ich gehen, geradeso wie ich geboren wurde, ehrlich und gerade. Etwas anderes tun, als mir mein Wille vorschreibt, das kommt nicht in Frage. Jacqueline, ich sehe, dass du mich liebst. Ich danke dir dafür, dass du das alles getan hast, dass du mich anriefst, sogar zu Wanner angerufen hast, den du verabscheust. Doch ich bin schon zu weit weg, ich habe alle Fäden zerschnitten. Schatz, entschuldige mich bei deinem großen Herzen, dass ich so bin, wie ich bin, aber ich kann nicht anders.

Sie schien ruhig dazustehen. Ich wagte nicht, sie anzublicken, gestehe das zu meiner Schande. Frédéric, je veux rester avec toi. Qu'est-ce que tu foutes encore en Allemagne? Viens avec moi à Paris! - Paris, je n'y étais jamais, Paris, die Stadt Napoleons, Paris, das Superklischee, ach, in meinen Gedanken hasse ich diese Welthure! Jacqueline, tu as raison, je dois aller à Paris! Je t'expliquerais! Sie war ganz außer sich vor Freude über die plötzliche Wendung und auch in mir stieg eine Freude auf, die war wie eine schlanke Rose, rein und unverbraucht, die vielleicht erste Freude meines Lebens, ich dachte, dass sich vielleicht doch alles noch zum Guten wenden könnte.

Wir verlebten zwei Wochen in Paris bei ihrer Mutter, dann nahmen wir zusammen ein Appartement und waren glücklich. Sie besuchte die Universität, ich einen Französischkurs. Bald hatte ich viele neue Freunde, und alle wünschten, dass wir heiraten.

Habe ich Ihnen bereits erzählt, dass sie vier Jahre älter ist als ich? Dieser Umstand war mein letztes Verhängnis. Sie freundete sich immer mehr mit einem älteren Studenten an, und ich zog mich immer mehr von ihr zurück. Meine Liebe zu ihr und meine Verehrung für sie waren grösser denn je. Ich dachte nicht daran, ihre neue

Passion zu stören, kannte ich meinen Rivalen doch zu gut, um ihn nicht für besser zu halten als mich selbst, bedauerte lediglich seine Handlungsweise mir gegenüber.

Als meine Stellungnahme zur Sache ausblieb, hielt er sich für befugt genug, meine Stelle bei Jacqueline einzunehmen. Ich traf ihn zuletzt im Louvre: Bonjour Patrick! Comment ça va, ça marche avec tes études? - Mais oui, ça marche, Frédéric. Ich lachte über die vielen Menschen vor der Gioconda: Siehst du, die verfluchten Frauen, mit einem einfachen Lächeln machte sie Raffael fertig, und jetzt kommt alle Welt her, um sich das Ergebnis anzusehen! Du hast recht, dis-moi, pourquoi tu n'aimes plus Jacqueline? Ich lachte ihn an, legte ihm brüderlich die Hand auf die Schulter und sprach: C'est faux! Je l'aime toujours, mais n'aies pas peur, Patrick, tu n'as plus rien à craindre de ma part, au contraire! Je te remercie d'être son amant, son véritable amant. Peut-être elle t'as dis que je fus fortement dépressif en Allemagne. - Oui, elle me le dit chaque jour, mais maintenant, ici, à Paris, même si c'est une ville de merde, t'es bien guéri de ta maladie allemande?

Wundern Sie sich? Ich halte Sie für einfühlsam genug, um darin bereits die Perspektive erkannt zu haben, eine ironische, die ich mir damit eröffnet hatte. Um es kurz zu machen: Besuche bei alten Freunden, Spaziergänge an

der Seine, Besuch einer Ausstellung deutscher Romanti-
ker, Einkäufe in der Stadt mit dem letzten Geld, Rege-
lung aller Angelegenheiten, noch einige Skizzen auf Zei-
chenpapier, letzte Ausdrücke des eigenen Willens, eine
Bombenstimmung.

Ich besorgte mir eine alte Feuersteinpistole, lasse sie
instand stellen, kaufe das Nötige. Jacqueline schreibe ich
einen letzten Liebesbrief, kindlich verfasst, wie ich
glaube, mitunter schäme ich mich dessen sehr, beteuere
ihr, dass es mein innigster Wunsch wäre, wenn sie meinen Freund Patrick heiraten würde, den ich sehr ge-
schätzt habe, etc. Ich mag Ihnen darüber nicht ausführ-
licher berichten. Es ist das Einzige, was ich Ihnen verschweigen will, und ich bin sicher, Sie nehmen es mir
nicht übel.

Diese letzte briefliche Zärtlichkeit hat mich sehr mit-
genommen. Doch ich bin froh und voller Lebensfreude,
finde alles lustig und habe eine ungewöhnliche Klarsicht
in allen Dingen. Verstehen Sie das? Mir ist es ein Mysterium. In meinen letzten Tagen avanciere ich zum ge-
schätzten Freund vieler Bekannten, das Leben dünkt
mich unendlich lebenswert und schön. Sie begreifen die
tieferen Zusammenhänge dieser Freude auf des Messers
Schneide. Wie ich sterben werde, werden Sie hören, Jacqueline hat Ihre Adresse von mir beiläufig erhalten.

Hören Sie, guter Freund, ich habe hier mit großem Ungeschick versucht, die Umgebung der Gründe darzustellen, die mich dazu bewogen haben, dem Ganzen ein Ende zu machen, und vielleicht haben Sie das alles verstanden. Ich bitte Sie um Entschuldigung dafür, dass ich Sie mit meiner Sache behellige, einer unreifen Sache, einer deutschen Sache, und vor allem, dass ich nicht aus meiner Haut konnte, denn darin erblicke ich die einzige Schuld meinerseits, die Schuld, die ich mir selbst anlaste.

Leben Sie wohl, Freund!

F. Thomas

Der Weg (Emanuel Fröhlich, 1907-1983)

DER TAUGENICHTS, EINE DEUTUNG

Ich möchte Friedrich Thomas gleich zu Beginn zurufen: Ich konnte sehr wohl aus meiner Haut, doch lud ich dadurch eine neue, eine schlimmere Schuld auf mich.

Doch lassen Sie mich beginnen, indem ich ihn zitiere:

Schon allein unsere Vorstellungskraft übersteigt die reine Betrachtung der Wirklichkeit, wir haben im Sinn, sogleich ans Werk zu gehen und etwas zu erschaffen, was Gültigkeit besitzt. Und das, Sie wissen es, ist uns verwehrt. Wir sind zur Untätigkeit verdammt, werter Freund, zum schändlichsten Nichtstun und zum Verschleudern unserer Seele, als wären wir Sklaven, als wären wir nichts als gemeine Opportunisten.

Ist es nicht seltsam, dass diese Geschichte 1976, also rund drei Jahre nach dem Sammelband «Pandora», entstand? Sie gibt wieder, in welcher Verfassung ich mich bereits mit zwanzig befand, als habe sich in diesen drei Jahren nichts daran geändert. Wie seltsam, denn zwischen dem Abschluss des Gymnasiums und der Zeit der Niederschrift dieses traurigen Briefes ist in Wirklichkeit Entscheidendes passiert. Obwohl mit Verspätung entstanden, gehören diese Memoiren geistig der Zeit um 73 an, als ich das Abitur machte.

Einige Dinge darin sind interessant, weil sie Bleibendes ausdrücken, von dem ich mir bis zur Redaktion des

Textes nicht mehr bewusst war, wie sehr ich es bereits damals wusste. Ins Auge sticht, dass es sich bei den Memoiren um eine Retrospektive handelt, und der Gedanke, innerhalb eines Rückblicks einen Rückblick zu kommentieren, erscheint mir reizvoll. Ich brauche dabei nicht einmal etwas zu konstruieren.

Könnte man mich so sehen, wie ich mich selbst sehe, würde man erkennen, dass meine Lebensumstände, die Freunde und auch meine Familie in den Memoiren in seltsamer Brechung alle präsent sind. Die Figuren aus meinem Leben werden darin so abgeändert, dass sie mich *wirklich* verstehen könnten.

Ich war frappiert beim Durchlesen dieses Dokuments aus meiner Jugend, wie sehr ich offenbar schon damals darunter gelitten habe, dass mich keiner verstand. Wie dumm doch alle meine Freunde waren, wie kurzsichtig, wie gefühl- und fantasieschwach. Doch wie anders erscheinen sie im Kaleidoskop meiner Memoiren! Es sind restaurierte Charaktere, überall da ausgebessert und abgerundet, wo es ihnen im realen Leben gebrach. Dahinter ist Wut spürbar, Zorn über das Ungenügen meiner Umgebung und meiner Freunde, fast schon Verachtung über das Unfertige ihres Zustands. Ja, ich hielt sie allesamt für schuldig, schuldig am Verbrechen des Unfertigseins, des Nichtsehen-, Nichthören- und Nichtfühlenkönnens. Ich war ihnen ausgeliefert. Nur diese

Wut konnte mich befreien. Dabei wurde ich zum Schuldigen, und ich überhob mich eben doch, als ich schrieb: *Ich überhebe mich nicht, diese letzte Gewissheit gilt uns, bei allem Selbstzweifel, als Axiom, unsere Seele ist grösser und ist tiefer als die eure!*

Es ist schon richtig, dass ich damals ein potenzieller Selbstmörder war. Darauf wird zurückzukommen sein, auf das Dilemma, das mich bis zu meinem dreißigsten Lebensjahr begleiten sollte. In den Memoiren schreibe ich: *Um dies zu ändern, sollte ich schöpfen können, und zwar mit Applaus und Erfolg. Schon damals aber wusste ich es, und dabei blieb es zeitlebens, bis zum heutigen Tag: Denn ich sehe ganz klar ein, mein allerinnerstes Leben hat hier keine Zukunft.*

Das Problem, das sich mir stellte, war grundsätzlich und ich habe versucht, meinen Leser sachte auf ein Verstehen vorzubereiten. Vielleicht ist es mir gelungen und ich brauche nicht noch mehr Worte zu verlieren.

Verdächtig ist, dass ich in den Memoiren keine Mutter habe. Schlagartig erinnerte ich mich beim Lesen der entsprechenden Mitteilung daran, wie brutal mir dieser Umstand damals erschienen ist, wie unumgänglich die Korrektur der Wirklichkeit für mich jedoch war. In Wirklichkeit besaß ich nie eine Mutter (dabei war sie die beste der Welt), ich und der Vater empfanden uns allein in dieser Welt, oder besser gesagt, ich empfand es so und nahm an, dem Vater gehe es gleich (was ganz sicher falsch war). Der Vater erschien aus seiner Heimat vertrieben, unwiederbringlich, durch den Lauf der Geschichte.

Ein Motiv, das immer wiederkehrt, ist das Motiv der Stille. Das Stille erscheint als Beiwort des Schönen und Großen. In Wirklichkeit hasste ich von klein auf jeden Lärm und jede Form der Aufgeregtheit, der Erhitzung. Das war einer der Hauptgründe für meine unüberwindliche Abneigung vor dem Sport und vor der körperlichen Arbeit. Beides erschien mir grundfalsch. Ich liebte die Stille, je lauter ich mein Blut in den Ohren rauschen hörte, umso wohler war mir. Darum liebte ich die Nacht, denn sie ist still, stiller als der Tag je sein könnte. Ich liebte das Schweigen und das Sinnen, das Lauschen und das Betrachten in Einsamkeit. Darin erst begannen die Dinge von sich selbst zu reden.

Das Motiv des Wartens passt sich zwanglos in diesen Kontext ein. Ich wartete gerne. Im Warten offenbarte sich die Wahrheit der Existenz, die Vorbereitung auf ein Kommendes. Wer wartet, muss sich einstellen, vorbereiten auf das Kommende und gewinnt Zeit. Wie dumm von denen, die meinen, durch Warten Zeit zu verlieren! Man wartet und in der Stille des Wartens wird Zeit geschaffen, um zu denken, zu lauschen, zu betrachten, um zu sein.

Dann sind da die Metamorphosen. Ich liebte Menschen, die potenziell alles sind. Wer sich nicht dauernd wandelt und wandeln kann, galt mir nichts. Eine Salongesellschaft musste sich ebenso wandeln können wie der Einzelne. Ich befand mich auf einem virtuellen Set, wir sind Schauspieler allesamt, ob wir es wissen oder nicht. Wir warten auf unseren Auftritt, um danach wieder in das große Warten zu versinken, bis wir in einer anderen Szene jemand anderes sein dürfen.

Irgendwo führt einer Regie. Er war nicht Gott, nahm aber seine Stelle ein: *Langsam beginne ich zu begreifen, dass meine ganze innere Unstimmigkeit davon herrührt, dass ich in der Welt draußen, die doch auch meine innere Welt ist, dass ich dort und hier eine Stelle unbesetzt finde, eine Stelle der Völkerpsyche und meiner eigenen. Einen Stuhl sehe ich leer für den Richter jenseits des Zufalls, für den Ja- und den Neinsager in allen Dingen, für den Lenker des Schicksals, das ohne ihn nur eine Verlegenheit ist, für den Großen Freund für Sie, für alle, für mich.*

Eine Schlüsselstelle. Ich litt unter der Vagheit der Aktualität, unter der platten Freiheit des Demokraten, zu dem ich werden sollte. Es war nicht die Angst vor der Freiheit, die mich verzweifeln ließ, sondern das Wissen um die Abgekartetheit des Spiels. Denn was aussah wie Freiheit, war in Wirklichkeit keine. Und doch war ich auch kein Fatalist. Nur die Regeln erwiesen sich als festgelegt, und es würde nie möglich sein, mit der demokratischen Freiheit etwas Neues zu entdecken, womit das Alte und Verlorene aufgewogen werden kann. Ich litt unter dem Unverständnis der Zeit, was das Tragische der Existenz betrifft, agierten wir doch von Anfang an in einer Tragödie, die nach festen Regeln abläuft, die aber keinen interessierten, alle wollten sie eigene Regeln aufstellen und störten das Spiel, das uns zermalmt. Sie wollten bei ihrem eigenen Tod nicht dabei sein. Ich schon. Darum ging es nämlich.

Wo steckte das Bewusstsein der Leute? Wir verrecken ungesehen. Nur das Heldentum macht uns zu wahrhaft bewussten Wesen, weil der Held offen zugibt, dass alles ein abgekartetes Spiel ist und unsere Freiheit nur noch darin besteht, es brillant und versöhnt zu verlieren. Ich schrieb: *Ich suche den neuen Alexander, den Bruder der Moiren, jenseits von ich und du.* Und: *Denn uns sollte einer mal zurufen, und wir würden ihm gehorchen wie Sklaven: So ist es - so ist es nicht! Dies ist wahr - jenes ist falsch! das ist oben - dies ist unten!* Das sieht nach Untertänigkeit aus und war es auch. Aber es bedeutete Unterwerfung unter das Drehbuch des Demiurgen, bedeutete die Teilnahme an einem andauernden Sinngeschehen mit unendlich vielen Szenen und Folgen, war Teilnahme an der Geschichte, am Tod. Er schreckte mich nicht, er was der Sinn des Ganzen.

Die Logik. Ihr Anspruch schimmert durch, wo ich rufe: *Warum sagten Sie Ihre Sache erst, nachdem dieser Herr hier seinen Einwurf tat? Gut, wenn Sie dies nicht verstehen, dann lassen Sie es bleiben, aber ich halte Sie für sehr beschränkt.* Ich wusste schon immer, dass es auf die Reihenfolge der Aussagen ankommt. In meiner Umgebung schien das niemand zu wissen. Immer wieder entdeckte ich (entdecke ich bis heute) in Diskussionen, in die ich mich verwickeln lasse, wie sehr die Argumentation der anderen davon abhängt, was ich sage. Die Leute reden oft nur, um zu entgegnen und stellen so, ohne dass sie sich dieses Vorgangs bewusst sind, nur allzu oft die logische Reihenfolge der Argumente auf den Kopf. Das führte mich dazu, schon sehr früh dialogisch zu denken. Nur im (besseren Fall fiktiven) Gespräch findet man heraus, welche Art von Gedankensprüngen und *Petitionen* der andere machen wird.

Wissen ist Schuld. Nicht der Lastwagenfahrer Camille war schuld am Tod Catherines, sondern ich, der Thomas, so wie ich auch der wahre Schuldige am «Fall» Ursulas war. Wer von etwas weiß, ist daran mitschuldig. Es genügt, zu wissen, dass Rom untergegangen ist, um daran mitschuldig zu sein. Es genügt, von Auschwitz zu wissen, um mitschuldig zu sein. Im Grunde genommen gibt es keine Ausrede, auch physische Abwesenheit reicht nicht aus, um uns reinzuwaschen. Noch heute verachte ich die Welt gelegentlich schon nur darum, weil das alte Athen nicht mehr existiert. Das klingt absurd, entspricht aber einer meiner tiefsten Erfahrungen.

Aus meiner heutigen Sicht liegt hier der Schlüssel für mein kongeniales Verständnis von Sartres Existenzphilosophie. Für alles, was wir je wissen können, brauchen wir tief in uns ein Grundverständnis, das längst vor dem eigentlichen Wissen existiert und den Lauf des Lebens mitbestimmt.

Das Motiv der Angst zu sterben, *bevor* man alles weiß! Obschon Wissen gleich Schuld ist, muss man alles wissen (wollen), bevor man stirbt. Man muss die ganze Schuld ausgekostet haben, ehe man geht. Das hängt mit dem Spiel zusammen, das ich ein abgekartetes genannt habe. Es muss ganz und gar begriffen sein, erst dann ist man reif für den Abgang.

Tief ist das Tragische im Menschen verwurzelt. Es muss zur Katastrophe, zum *Letzten Wissen* kommen, sonst ist am Ende alles umsonst gewesen. Wir haben nicht die leiseste Wahl. Die Tragödie ist nicht bloß eine Form des Geschichtenerzählens und damit etwas dem Belieben Unterworfenes. In den Memoiren mache ich mich zum Selbstmörder, der sich an sein besseres Ich wendet, um es davon in Kenntnis zu setzen, dass einer abtritt, der das Spiel durchschaut hat.

In jener Wirklichkeit, die man leichthin *die* Wirklichkeit nennt, aber lebte ich weiter. Ich hatte zwar Selbstmord begangen, doch nun würde es darum gehen, wie Phönix ein zweites Mal geboren zu werden. Anstatt meinen Körper zu erschießen, hatte ich mein bisheriges Spiel zerstört, das Spiel, das ich immer spielen würde, solange ich am Leben bleibe.

Die Tat war absurd, so absurd wie der Tod. Ich hatte eine Metamorphose hinter mir und aus der Larve kroch der Schmetterling. Zumindest wäre es zu hoffen gewesen. Ich kam aus der Welt des Vaters und war verloren. Nie würde ich es schaffen. *So* konnte ich nicht atmen, nicht leben, nicht sein und auch nie zu etwas taugen.

Als ich diesen Taugenichts schrieb, kannte ich Goethes Werther nicht. Hätte ich ihn damals gelesen, ist fraglich, ob der Taugenichts entstanden wäre. Man kann ihn jetzt als meinen eigenen kleinen Werther verstehen. Im Unterschied zu diesem verzweifelt der junge Thomas an der Unmöglichkeit, in der als grandios empfundenen Welt des Vaters weiterleben zu können. Obwohl diese Welt anscheinend Thomas' ureigene Empfindung ist, seine eigene seelische Heimat, ist sie doch nicht vollständig.

Jener Eine, von dem Thomas an einer Stelle seines Briefes spricht, existiert in ihr nicht mehr. Damit war nicht Gott gemeint, sondern der Seelenführer, der Vater, in Gestalt einer über alles erhabenen Autorität, des großen Ordners und Fernhintreffers. Ein solcher Einer war die Figur des Kaisers gewesen, seine Organisation der Erhabenheit war die der Ehrerbietung, die monarchisch-aristokratische Welt der verfeinerten, auf den Hof zugespitzten Kultur allumfassender Sinngebung und Geborgenheit, sofern man dazugehörte, und Thomas zählte sich zu denen, die dazugehört *hätten*.

Thomas' unsterbliche Liebe gehörte - anders als die Liebe Werthers - keiner «Lotte», sie gehörte dem Erhabenen, dem imaginären, dem abwesenden Prinzeps. Natürlich war das keine irgendwie schwule Liebe, es war die Liebe des Ritters zu König Artus, es war Treue, absolute, lebenslange Subordination. Was dieser Thomas damals – und Thomas war ich selbst – aber unterschlug, war die Tatsache, dass der Erhabene nicht aufgrund der Kleinherzigkeit und Schäbigkeit der Menschen und ihrer vermaledeiten Politik nicht existierte, wie er uns und seinem Leser glauben machen will, sondern aufgrund der schrecklichen Hybris des letzten realen Prinzeps, der sich als «Führer» bezeichnet hatte und der die Weltordnung in den Abgrund stieß.

Natürlich hat Thomas' Vater einen inneren Bogen um diese offensichtliche Wahrheit gemacht und es bewusst versäumt, dem Sohn die Augen zu öffnen.

Werthers Liebe zu Lotte ist naiv, ist Ausdruck einer unversehrten Weltordnung, in der der Mensch sein Streben nach Vervollkommnung und Ganzheit auf die Liebe verlegen und beschränken konnte und es nicht nötig hatte, einen Tyrannen, einen Gott in Menschengestalt zu lieben, der dem absurden Weltgebäude Sinn einzuhauchen imstande war, wenn auch einen verbrecherischen. Erst der Zerfall der Welt im Ersten Weltkrieg brachte in manchen Seelen die Perversion hervor, dass ihre Liebessucht sich auf den Menschenführer übertrug, dass ihre Geliebte keine Frau mehr war, sondern die Mutter im Sinne der Tiefenpsychologie, und dass der Menschenführer zur Apotheose des Vaters aufrückte, eines Vaters, den man so nie gehabt hatte, der aber notwendig wurde, weil die alte Welt zerbrochen war.

Sonderbarerweise merke ich heute, dass der Argumentation des Taugenichts dieser uneingestandene Faschismus anhaftet, der ihm vom *Augenbrauenprofessor* vorgehalten wurde, eine Art Gottesverehrung im Säkularen, ein neuheidnischer Generalgötzendienst am Vater, der die Rückgängigmachung des ödipalen Vatermordes bezweckte. Ich merke, dass das Theaterstück «Die Entarteten», das den Schluss meiner autobiografischen Skizze «Ein Leben in Gedanken» bildet, das Thema des Selbstmörders Thomas wiederaufnimmt. Diesmal erkennt der «Sohn» jedoch, welche Schande und Schuld der Welt seiner Eltern innewohnt, und dass die Eltern ihn um sein

113

Erbe – um das «Reich», um das Große Metaphysikum – betrogen haben, indem sie ihm ihre Schande verschwiegen, mit der sie die Metaphysik besudelt hatten. Der verzweifelte «Sohn» findet zur Schlussabrechnung in den elterlichen Palast zurück, verstrickt sich dort in neue Schuld, indem er der Mutter verfällt, wie sie es von ihm will. Er kann die Mutter nur lieben, indem er sie, sich selbst belügend, in eine Antipodin verwandelt, in eine Frau vom Ende der Welt. Dadurch übernimmt er den elterlichen Fluch der Selbsttäuschung über die Schande, die all ihrem Tun anhaftet.

Die Sicht auf das Grundproblem des Taugenichts enthüllt, was weltweit, vor allem in Europa und paradigmatisch in Deutschland geschieht, die Reanimation des Reichsgedankens – «Europa», die «Weltgemeinschaft», der «Weltstaat», der «Planet» als ein einziges Polit- und Kulturgebilde, die Zivilisation als ein Reich für alle - und eine den Abgrund des Faschistischen leichtfertig überspringende Geschichtskohärenz auf der Basis radikaler Vermischung zum Zweck der letzthinigen Vernebelung des Geistes, der die damit verbundene Schande – den Fluch der Ahnen zu übernehmen – um buchstäblich jeden Preis nicht erkennen soll.

So glaubt jetzt die Schöne Neue Zivilgesellschaft, dass sie auf eine atemberaubend andere und reingewaschene Art und Weise antifaschistisch sei, indem sie den

Faschismus als globale Métissage neu konfektioniert. Wieder strebt die Menschheit in eine Diktatur, in eine Tyrannis, sie sucht sich eine neue Ordnung, die eine neue Aristokratie hervorbringt, die ihrerseits auf ein rituelles Urpaar verweist, das in menschenrechtlicher Erhabenheit Pode und Antipode zur ununterbrochenen Generation gemeinsamer Nachkommen zwingt.

Diesmal paaren sich nicht bloß «Schwarz» und «Weiß», sondern auch Mann mit Mann, Frau mit Frau, Mensch mit Tier, Normalität mit Beeinträchtigung, Jung mit Alt, Gesund mit Krank, Pode mit Antipode. Daraus erwachse nun der ewige Friede einer globalen, unumgänglichen und endgültigen Mischbevölkerung!

Der Schluss des Stücks «Die Entarteten» verheißt solches, zeigt aber auch auf, dass es sich um Einbildung handelt, dass der «Sohn» letztlich doch die Mutter will, und zwar immer noch die eigene, egal, ob «schwarz» oder «weiß». Er ist immer noch Ödipus, nur verdreht und verblendet, er kann in den *Kataratos Gamos* einwilligen, indem er die Mutter mit ihrer Antipodin vertauscht. Aber nur in der Vorstellung, im Empfinden, im Wort.

Auf diese Weise pflanzt sich der Faschismus im Antifaschismus fort. Das Schicksal des Ödipus erfüllt sich, indem der Sohn in der Antipodin seine Mutter begehrt und in dieser ihre Antipodin. Den Vater aber, den eliminiert er, der jene untilgbare Schuld über die Familie gebracht hatte. Er rächt sich am Vater, indem er ihn mit seiner Frau betrügt, mit der Mutter, diese ihrerseits mit ihrer Antipodin.

Das ist die Botschaft des einundzwanzigsten Jahrhunderts. Der antifaschistische Faschismus funktioniert nicht. Am Ende werden die Paläste zerschmettert sein und die Menschen werden sich zu Squattern, Huren, Trickdieben und Landstreichern gewandelt erfahren.

Es gab einen historischen Punkt, an dem man sich hätte aus der Affäre ziehen können. Doch er wurde verpasst, als sich die Dichotomie der Welt 1989 auflöste und sich die eine Seite die andere einverleibte, ohne sich dabei zu wandeln.

Die Lösung lag in den späten Sechzigern und in den frühen Siebzigern im Freaking-out, wie ich es in «Asphyxie» und in «Tasted Cream» beschrieben hatte, in «Blow it up! Blow it up!» zur Kunstform getrimmt.

Doch war das nicht, was auch der *Eichendorffsche* Taugenichts getan hatte? Bestand seine Geschichte nicht im Freaking-out, den Möglichkeiten der Hochromantik um 1825 angepasst?

Freaking out bedeutete zu unserer Zeit, dass man sich treiben ließ, losgelöst wie Major Tom, hedonistisch, ver-

söhnlich, vergesslich, provokativ naiv, radikal ahisto-
risch, als könne man auf immer Kind bleiben, als Fun-
damentalwaise, als erwachsenes Kind, das kopuliert
ohne Verantwortung fürs Gesellschaftliche, doch dies
gerade für Verantwortung fürs Gesellschaftliche haltend.
Diesem Driften, den Zufällen und Schicksalen lustvoll
hingegeben, kennzeichnete auch den Eichendorffschen
Taugenichts. Nicht zuletzt war da die Musik, in der Eichendorffschen Hochromantik genauso wie in Zeiten
des Blues, in der Zeit Bob Dylans.

Doch ich will ehrlich sein, ich war Freizeitfreak, war
ebenso autoritätsgläubig wie anarchischer Freiheit ver-
pflichtet. Ein weiterer Dithyrambus. Ich lehnte konkrete
Autorität als zeitgebunden und geschichtskontaminiert
ab, empfand sie als kategorisch falsch und unlegitimiert.
Ich sehnte mich nach einer weit höheren Autorität, einer
metaphysisch-physischen, die in die konkrete Welt hin-
einregiert wie Gottes Stellvertretung, nur eben nicht
jene, die es wirklich gibt. So lehnte der Eichendorffsche
Taugenichts die Autorität seines Vaters ebenso ab, wie
er die Autorität des «Adels» begehrte, die sonnengleich
über der Lebenswelt des Vaters schwebte. Er wollte
«adelig» werden und in einem Schloss wohnen, irdischer
Arbeit für immer enthoben. Nicht nur taten wir als
Freaks damals ein Gleiches, ohne es genauer zu untersu-
chen oder gar zu wissen, doch «eigentlich» wollten wir
leben wie die Götter, ewig jung, ohne Arbeit, vom

Schicksal ernährt, am Busen der Weltgeschichte, als Letzte unseres Geschlechts. Tanzend im Blues, denkend im Blues, liebend im Blues, aufgehoben in Dionysos, ein ewiges Fest.

Geht nicht eine tiefe Sehnsucht der Jüngeren dahin, wie Götter zu leben, mit einem «bedingungslosen Grundeinkommen» ausgestattet, vom Gratisgeld der Notenbanken ernährt, der «Rettung des Planeten» - der Mutter Erde - verschrieben, als programmatisch-puerile Gutmenschen, Grenzen, Membranen einreißend, dem Schicksal ergeben? Klingt nicht das Geschrei der Greta Thunberg nach einem Dithyrambus, einer Trunkenheit im Sinn, klingt ihr Programm nicht wie der Ruf nach ewiger Feier, Feier der Menschheit, des Menschlichen, im Einklang mit der Sonne, der Atmosphäre, der Erde, den Völkern, den Diskriminierten, den Gebeutelten? Klingt das nicht alles wie der heilige Gesang nach Überautorität? Ist das nicht die neueste Version des fundamental abendländischen Drangs «heim ins Reich» zu gelangen, in die Große Mutter, doch ohne den so orientalischen Kult eines Übervaters, eines Gottes? Ist das nicht immer noch die alte Barbarei der Germanen, im Mutterkuchen sich zu regenerieren, ehe man tragisch auszieht als Held, um irgendwo in einer Schlacht zu sterben und in die Ewigkeit einzugehen, weil man gegen diese Welt dann eben doch zu schwach ist? Ist es nicht die große Sehnsucht nach Regression ins Embryonale, in den umgürteten und geschützten Bereich der ins Metaphysische übersteigerten Gebärmutter? Ist diese Pumpe des Einziehens und Ausziehens nicht die wahre Religion jenseits jener des Vaters aus dem Orient, die dithyrambische Religion der Doppelgeborenheit der Existenz, des Drinnen-wie-Draußen, in seltsamer Einheit, des zugleich Ungeborenen und Geborenen, des Autoritären und gleichzeitig Anarchischen, des «Führer befiehl, wir folgen dir!» und des «Nie wieder Faschismus!» als die beiden Seiten derselben Münze? So lächerlich der Eichendorffsche Taugenichts uns heute erscheinen mag, so hochaktuell ist er, so verstiegen uns die Zeit des Blues und der Freaks heute erscheinen mag, so überaus aktuell bleibt sie.

Goethes Werther? Er ist der Urtaugenichts hinter dem Eichendorffschen und hinter uns selbst, den Freizeitfreaks und Berufsaussteigern von damals. Noch aber weiß er nicht, woran er leidet. Werther geht es um «Lotten», so will uns Goethe weismachen. In Wirklichkeit aber ging es auch Werther um den Dithyrambus, um den Sirenengesang der Doppelgeborenheit, des Sowohl-als-auch, der vollkommenen Unterwerfung und ebenso radikalen Anarchie, zur selben Zeit, gepaart, dialektisch verfasst. Es ging bereits dem unglücklich-glücklich liebenden Werther ums Totale, Totalitäre, ums «Ganze», um einen «Holismus», um die endlich-endgültige Geburt, die ja immer die *zweite* ist, wie sie Sartre in «La

Nausée» und in «Das Sein und das Nichts» viel später dann philosophisch operationalisiert hat, als sogenannten «Existenzialismus», als Durchbruch durch das Objekt in die – ja, in die gefühlte, empfundene, durchlebte Totalität des Subjekts, in den Augenblick der Ewigkeit in der Zeit, um das *Satori* des Individuums in den Niederungen seiner körperlichen, schwitzenden, kopulierenden, Zigaretten rauchenden und genießenden Existenz. Werther verlässt diese Welt vordergründig, weil er «so» nicht weiterleben mag, ohne «Lotte» ehelichen zu können, mit ihr vollkommen zu verschmelzen, seinem idealen Spiegelbild, in Wahrheit aber fehlt ihm in dieser Welt, in welcher «Lotte» dem Freund gehört, das Absolutum.

Würde er «Lotte» kriegen, erlange er das Absolutum, denkt er, doch dem wäre nicht so. Er gelangte nur dazu zu merken, dass auch «Lotte» seinem tieferen Anspruch nicht genügen kann, und er müsste – wie der Eichendorffsche Taugenichts, der sich am Schluss wieder auf Wanderschaft begeben will – nach der «nächsthöheren» Lotte suchen, und so landete er am Ende bei Germania, und ist auch sie entzaubert, bei Mutter Erde, beim ‚*Generaltotalsinnanundfürsich*‘.

Mein Taugenichts steckt genau hier fest, doch noch ist es nicht die Zeit der Greta, der Pythia, die den Autoritäten der Welt Beine macht und ihnen Orakelsprüche um die Ohren haut, sondern erst jene der furchtbaren

Erkenntnis, dass die Germania entzaubert, infernalisiert ist, doch ist Gaia nicht in Sichtweite. Immerhin aber ist Thomas, mein Taugenichts, über die Liebe zu einer bestimmten Frau als Lösung all seiner Probleme hinweg. Er empfindet Liebe, wo auch immer ein reizendes Wesen auftaucht, doch befriedigt sie ihn nicht fundamental. Er braucht mehr, will mehr, will aufgehen im Brot, als ein moderner Narziss, will sich selbst lieben, doch dazu fehlt ihm der Spiegel.

Dieser Spiegel existiert erst heute, fünfzig Jahre später, er trägt den Namen «die Welt». Greta ist der Taugenichts dieser Zeit, ein Mädchen, eine Frau. Wie wunderbar das doch passt!

Natürlich können Sie, mein Leser, meine Leserin, rufen, dieser Taugenichts, dieser Thomas, der sei doch bloß ein Fant! Gewiss, das ist er, war er, doch ist Greta genauso lächerlich, allerdings sieht das noch keine und keiner, weil sie noch nicht gescheitert ist.

Doch das wird sie. Zwangsläufig. Wer sich dem Dithyrambus verschreibt, wird überwunden, doch hat er gelebt, anders als die, die ihn nicht kennen. Auch Greta wird gelebt haben, wenn sie erst einmal überwunden ist, ihre Gegner jedoch werden radikal vergangen sein.

Kehren wir zurück, zu mir, wie ich damals war. Indem ich mich aus den Palästen verabschiedete und in eine tote Welt, in die Welt der klassischen Antike verkrümelte, die keinen Fluch wie den der Shoa zu ertragen hatte, erlangte ich eine Art von Potenz zum nichtödipal verfassten Leben. Wäre ich nur dortgeblieben! Doch wollte ich zugleich den Untergang der Antike rächen und spürte den Tätern nach. Ich wollte herausfinden, «wie es ist». Das brachte mich zurück in den Palast, den ich gleichsam von hinten betrat, von drunten aus dem Totenreich. So trat ich alsbald wieder ins Stück zurück und stieß – natürlich - auf die Mutter.

In der Zeit von «Asphyxie» und «Tasted Cream» begann ich, Menschen zu mögen, Freunde zu haben, weil ich anfing, mich selbst als Mensch zu fühlen. Das Gefühl, dieser mein Körper zu sein, Wind und Wetter im Gesicht zu spüren, den Pullover auf der nackten Haut, das Salz des Meeres zu riechen und mit nichts durch die Welt zu ziehen, es machte mich unendlich glücklich. Zum ersten Mal spürte ich mich selbst, begegnete Menschen und keinen Puppen und keinen Dämonen, keinen Automaten aus formlosem Fleisch, zum ersten Mal musste ich mich ihnen gegenüber nicht rechtfertigen, musste nur einfach da sein und wurde angenommen, wie ich war.

Dasein als sinnliche Anachoresis inmitten einer irrwitzig schönen, blauen, freien, blutgoldenen Welt. In der

Gemeinschaft anderer Asketen leben! Das war die Geburt, auf die ich so lange gewartet hatte, die richtige, die wahre Geburt meiner selbst.

Was heute in politischen und intellektuellen Zirkeln und Clubs passiert, ist etwas Ähnliches wie damals das Freaking-out. Man entblößt sich, wird zum Nackedei in einer planetar verstandenen Welt und darüber hinaus, man begegnet den anderen, die entgegenkommen, am Kreuzweg, im Nirgendwo. Nur zu derartigen Existenzweisen lässt uns die Shoa noch gelangen. Doch wir fallen zurück ans Reich, wie seinerzeit ich, in den späten Siebzigern. Heute machen alle diesen Fehler, und so werden sie am Ende die sein, die um alles betrogen sind.

Der Mensch will nicht frei sein, er will einem höchsten Ding, einem Prinzip, einem Geist, einer Verheißung folgen. Das kann die Freiheit sein, unter bestimmten Bedingungen. Er will einem Prinzip dienen, unter dessen Regie das Böse ausgerissen wird, in der ganzen Welt, an sich, überhaupt. Das Böse ist der Schmerz, das Leiden, der Übergriff, die Unfreiheit. Und es schließt sich der Kreis. Lediglich Freiheit wollen, das tut der Mensch nicht, er will nur nicht unfrei sein, und wenn, dann aufgehoben im Guten, im Wohlbefinden, in der Sicherheit, im *Modus parasympathicus*, er will am Lagerfeuer sitzen, in der Höhle, umgeben von Liebenden, gut genährt, einer Erzählung lauschend von der Überwindung des Leidens und von Heldentaten, die dazu führten und führen und immer führen werden. Die Bürgerfreiheit ist ihm nur Zwischenziel bei seiner Anabasis ins Reich der umsorgenden Mutter, in deren inwendiges Sein er aufgenommen ist. Doch ist eben das immer auch der Fluch, der Tod der Hinaufentwicklung.

Thomas, der Taugenichts, sagte sich, wenn ich da mitmache, werde ich mitverantwortlich für die Zerstörung des «Eigenen». Ich bin nicht einverstanden mit der Rolle, die man den Gräueln des Zweiten Weltkriegs zuschreibt. Diese Rolle ist keine Absolution oder gar der Imperativ, Schritt für Schritt die Vergangenheit, die Kultur und am Ende auch noch die Völker selbst, ja sogar all ihre Erfindungen und Leistungen im Technischen, in all ihrer Gewachsenheit, in ihrer mehrtausendjährigen Geschichte aufzugeben und durch Umeignung einer neuen Wahrheit zuzuführen, deren Kern die Lüge ist, das Ding sei sein Name, alles ein einziger Nominalismus, dass es weder Substanz noch Essenz gebe, nur Akzidenz und Phonem. Ich bin nicht gewillt, als Ziel meiner Existenz am radikalen Austausch des «Eigenen» gegen das Fremde mitzumachen, bloß um eine weitere Instanz eines Faschismus zu verhindern, denn genau das wäre ein weiterer Faschismus, ein Faschismus mit verkehrten Vorzeichen. Da ich zu schwach bin, als der Einzelne, der ich bin, weil ich zu romantisch fühle, als der Sprachlose, der ich bin, als der zu Wahrhaftige, als der Treue, der ich bin, bin ich der Perfidie, der Heimtücke und Arglist dieses Imperativs ausgeliefert, also trete ich ab, um mich nicht damit zu beschmutzen. Ich sehe ja, dass all die Lieben, die mich umgeben, die Gefahr nicht sehen, dass sie leben, als wäre nichts geschehen, weder 1933 noch 1945, als wäre alles bloß «Politik» und als wäre Politik *quantité négligeable!* Sie alle, die Lieben und Guten werden missbraucht. Ich sehe voraus, wie man sie alle wie die armen Teufel in den Schützengräben des Ersten Weltkriegs einzeln und isoliert über die Klinge springen lassen wird. Das Leid der Shoa wird um ein Millionenfaches, Milliardenfaches gesteigert wiederkehren, still und leise, in der Demontage und im Missbrauch von schlicht allem, was gegeben ist, weltweit, es wird sich nicht auf die Europäer beschränken, es wird alle erfassen. Es wird ein Weltkult der Selbstauflösung kommen, eine Diktatur der Sprache, ein eschatologischer Generalnominalismus, in dessen Schlund jegliches «Eigene» und jede Substanzialität verschwinden werden. Unter dem Deckmantel der Antishoa werden die Herkunft, das Erbe, die Leistungen jedes Volkes, jedes Einzelnen verramscht werden, wofür man die Missbrauchten mit Sex abfindet, mit ewiger Lust.

Denn nun kommt das Zeitalter der Neider, der Hoffärtigen, der Gierigen, der Hasser, der Rächer und Revanchisten, der Rankünisten, der Versager, der Diebe, der Betrüger, überall, erdumspannend, sie werden sich holen, was begrenzte Gruppen durch die Jahrtausende erschaffen haben als ihr «Eigenes», auf jedem Kontinent, in jedem Volk. Die Verlierer der Evolution werden sich an ihre Schalthebel setzen. Es ist der Taugenichts der Freakzeit, der Taugenichts von 1976, der uns darüber aufklären kann, was mit uns geschieht. Fragen wir uns doch: Wo stehen wir 2021? Und wo werden wir 2076 stehen?

Es braucht nur ein kleines, ein unbedeutendes Leben, um weit voraus das Monster am Werk zu sehen, das uns verschlingt. Heute nennt man einen solchen Geist einen «Querdenker», einen «Verschwörungstheoretiker», einen «Schwurbler». Dem Laokoon gleich schleudert er den Speer gegen das hölzerne Pferd, weil er erkennt, wer in ihm verborgen ist, doch prallt er ab. Die Edlen Ilions deuten den Wurf nun als Beleidigung Gottes und beabsichtigen das Sakrileg zu sühnen, ziehen den Tod in ihre Burg hinauf, worin er sich entfaltet, wie von Laokoon prophezeit.

Doch da war es zu spät und aus der Sühne wurde der Selbstmord einer ganzen Welt.